EVA

Simon Liberati est l'auteur de cinq livres, dont *Anthologie des apparitions* (2004) et *Jayne Mansfield 1967*, prix Femina 2011.

SIMON LIBERATI

Eva

ROMAN

STOCK

L'air farouche est la principale qualité scénique que Synge prête à la jeune Pegeen au début du *Baladin du monde occidental* :

> Pegeen, une jeune fille d'une vingtaine d'années, l'air farouche mais jolie, est assise à la table et écrit.

Combien, en une seule phrase, une simple incise contient-elle de promesses ? Je connais de longues descriptions, des romans qui ne valent pas ça : *l'air farouche mais jolie*. Avec l'âge, mon champ de rêverie s'est accru. Dans ma mémoire, certaines présences de second plan se détachent maintenant, plus nettes que d'autres, longtemps éclairées, qui ont pâli. Quelle petite apparition oubliée, blonde, penchée sur une table, est ranimée par ces mots, un matin de trouble quand, à la différence de Pegeen, je crains de ne plus arriver à écrire ? Quelle autre jeune fille antérieure à Eva ? Je l'ignore. Peut-être une étrangère, suédoise ou danoise de neuf ou dix ans occupée à lire ou à dessiner dans l'hôtellerie d'un couvent où je passais l'été dans mon enfance. Il n'est pas indifférent que le fil premier de ce livre me ramène au couvent, au parfum d'encaustique des longs couloirs de ma jeunesse et à la religion qui ordonnait encore ma vie, quelques mois à peine avant que le fil de la nuit que j'avais commencé de suivre car je la trouvais plus élégante que le jour, me conduise, de rencontre en rencontre, dans un labyrinthe rouge et or, jusqu'à un minotaure enfant que je croisai plusieurs fois sans jamais lui parler. Eva avait treize ans, j'en avais dix-neuf, elle était mon aînée. Plus qu'un minotaure à la Garouste, on aurait dit une sirène des années 1950 dessinée par un peintre de foire. J'entends encore ses cris stridents résonner dans la galerie des vitrines du Palace. Ils faisaient peur, ils sentaient l'embrouille aux autos tamponneuses. J'avais d'autres vues à l'époque. Eva garda une forme claire dans ma mémoire, celle d'une figure de fond sur la fresque compliquée d'une baraque foraine, un profil typique mais lointain.

L'apparition majeure, approchée d'assez près pour la détacher des autres, n'était pas Eva, mais une de ses amies, fille comme elle de la nuit et des orphelinats, Edwige, fée androgyne que j'ai aimée follement, à qui j'ai offert mes mocassins trouvés aux puces de Montreuil et dédié un court poème :

> Souviens-toi moquette orange
> Souviens-toi de mon bel ange.

Au cours des années qui suivirent, il m'est arrivé de penser à Eva ou de citer son nom parmi d'autres. Encore adolescente la dernière fois que je l'avais vue, elle appartenait à une époque ancienne, vite dévaluée, un genre d'Ancien Régime dont le culte m'a long-temps semblé un enfantillage, mais que je ne parvenais pas à renier. Edwige était partie à New York, je ne croisais plus les gens de cette bande.

C'est une autre enfant perdue, morte, donc moins

farouche, qui rouvrit quand j'atteignais la quarantaine le musée dont j'avais perdu la clef, plaçant Eva au centre, peut-être parce qu'à l'âge que j'avais alors les toutes jeunes filles recommencent à plaire davantage. Elisabeth X, dite Babsi, s'est tuée à Berlin d'une overdose d'héroïne à quatorze ans, comme Eva aurait pu le faire à la même époque. Une photographie de Babsi en noir et blanc orne le cahier central du livre *Moi, Christiane F., 13 ans, droguée, prostituée.* Ce visage de sainte semble découpé dans un livre pieux ou un cartouche de sépulture, il m'a tant fasciné que Babsi, de son tombeau berlinois, a réveillé les petites fées parisiennes de jadis dont Eva était la Titania. Écrire leur élégie, l'éloge oisif de la jeunesse, de la grâce et de la perdition, m'a paru si important que j'ai cessé toute autre activité. Il me faudrait encore attendre dix ans avant qu'une des créatures invoquées, la plus farouche, Eva, se réveille et vienne réclamer son dû.

À dire vrai je l'avais presque oubliée. Mon livre eut l'effet ordinaire de conjurer le passé. On m'avait rapporté qu'une photographe célèbre avait reconnu sa fille dans un de mes personnages. J'avais donné le nom d'Eva à la plus jeune de mes enfants prostitués et son oraison funèbre, bien dans la manière de la bande d'autrefois, était, si ma mémoire est bonne : *cette connasse a fait une overdose.* Rien pour m'attirer ses grâces.

La première fois que je la revis, on nous présenta en haut d'un escalier le soir d'un dîner célébrant l'album des photomatons de Pierre & Gilles. Nous nous sommes salués froidement, j'ai noté sa réserve sans y attacher d'importance. J'ai jugé à tort qu'Eva avait lu, sinon mon livre, au moins les passages qui pouvaient la concerner. Elle me parut alourdie, déchue physiquement, malgré un regard magnifique et cet étrange nez de licorne ; elle tenait le haut des marches avec une dignité de reine ou de folle, probablement méchante. J'avais vu sur les affiches du métro qu'elle avait tourné un film d'autobiographie romancée. Je trouvais son titre, *My Little Princess*, beau mais prétentieux à cause de l'anglais, non du titre lui-même. Voilà tout. Plus tard dans la soirée, elle traversa la salle du restaurant au bras d'une personne très frêle, très jeune, très pâle, d'une grande beauté, une sorte de Galaad dont le sexe me parut incertain, sans doute celui qu'elle attendait en haut des marches. Son amant ? Ma voisine m'apprit qu'il s'agissait de son fils. À une manière de passer en reine entre les tables du Président, saluant d'anciennes photomatons tournées comme elle en grosse dame ou en vampire, à cet enfant exhibé comme un trophée, je reconnus l'éclat de la sirène d'autrefois.

Les mois qui suivirent furent pour moi agités. Une sacrée bamboula. À l'âge où les diables se font ermites, je m'amusais. Je donnais de faux espoirs à mes amis qui pensaient que je pourrais en mourir. Ça ne m'aurait pas dérangé, je cherchais la porte d'un autre monde. Mon petit hôtel parisien ayant fermé par ordre de la préfecture, j'avais obtenu de la patronne, en échange d'un peu d'argent liquide, d'y passer la nuit en clandestin de temps en temps. Le hall était verrouillé par un genre de clochard qui dormait par terre et ne se réveillait pas toujours à mes appels nocturnes. Une nuit que le clochard ronflait, D, un jeune camarade de virée que je surnommais «la Vénézuélienne» parce qu'il est né à Caracas et se donne l'allure d'une pédale rastaquouère à l'ancienne mode, m'invita à finir dans sa chambre au sous-sol d'une petite maison du boulevard des Invalides. D logeait chez Marie, une Parisienne dont le nom m'était familier depuis très longtemps. Sans le savoir, tombant dans cette cave comme dans le terrier d'un lapin anglais, j'entrais dans un domaine gardé par les fées d'autrefois. À peine deux mois plus tard, Eva, réveillée par ses sœurs, ne tardait pas à s'intéresser à moi.

*

Le cinéma Trianon dormait. En montant les marches de l'ancien foyer, je vis une femme seule, assise dans un fauteuil. Ses cheveux blonds étaient éclairés par la lumière du jour qui traversait de hautes croisées ouvertes sur le boulevard. Dehors brillait le soleil de fin janvier. À plus d'un mètre je ne reconnais personne, pourtant, je devinai à mi-volée à qui j'avais affaire. Une timidité oubliée depuis longtemps se réveilla telle une ancienne douleur. Je m'étais arraché de la campagne pour l'après-midi, j'étais à jeun, je ressentis presque de la terreur en rejoignant la femme assise qui semblait enfermer sous une couche peu épaisse de terre rose et blonde la sirène d'autrefois.

« Eva Ionesco », comme elle se présenta, affiche à l'abord un sérieux impeccable, une politesse de représentant de l'ordre. Mon oreille dépiste à ces usages ainsi que dans une pratique inopinée du jargon commercial (« je reviens vers toi ») les délinquants juvéniles ou des gens qui ont été persécutés par la psychiatrie. En usant du langage administratif, ils veulent donner le change pour éviter des éclats qui leur ont coûté cher. Je connais un ancien boxeur, un voyou, qui parle avec les mêmes précautions.

La première voix qu'on entend d'Eva est d'un timbre à la fois sourd et haut perché. Il y a en elle quelque chose de brisé ou de bridé, une retenue, effet des médicaments ou long et constant effort obstiné à contenir une rage assourdie – elle-même n'en a plus conscience – mais qui peut revenir. Plus tard, quand notre amitié fut scellée, Eva m'apprit qu'elle avait consulté un médecin juste avant notre rencontre, étant la proie, en ce début d'année, d'une impulsion suicidaire qui l'incitait à se jeter par la fenêtre de chez elle. Ce déséquilibre date de l'enfance, sa charge agissait comme une poussée en avant qui m'attirait et me tenait à distance, même sous les paroles ordinaires que nous échangions.

L'être qui se tenait devant moi, d'abord assis, puis debout, je crois, quand une troisième personne est venue nous rejoindre, m'apparut d'une simplicité mystérieuse, doté d'un aplomb naïf au point d'être inquiétant. De stature incertaine, elle ne se tenait pas droite, mais les épaules à peine voûtées sous un port de tête étrangement placé qui pouvait laisser imaginer qu'on la maniait avec des fils. Son nez, d'une pointe caractéristique, percé de longues narines évoquant immanquablement un tapir ou une prise électrique, son abondante chevelure blond cendré, cette voix éteinte et criarde, je ne les avais pas oubliés. Ils avaient traversé plus de dix mille jours et dix mille nuits sans trop de mal. Par contre, de grosses joues qui lui donnaient jadis l'air comique d'une méchante fillette de cartoon avaient fondu sous une peau épaisse, un peu affaissée, et son ancienne turbulence semblait assoupie, comme molletonnée dans la plume d'un léger embonpoint. Elle me fit penser, je ne sais pourquoi, à Eddie Cochran, dont elle rappelait l'élégance sous-cutanée, blonde, frémissante, vague, balourde, jeune, rauque et désespérée. La transfiguration de cette disparate en une personne encore très fascinante venait de son regard, le plus fort appel de l'au-delà que j'aie jamais reçu.

L'éclairage de mon souvenir donne à cette entrevue une simplicité mythique que je ne retrouve qu'à la lecture de l'épopée. Le tragique, la comédie, la farce, le sexuel ne vinrent que plus tard. À ce moment qui ne fut figé par aucune émotion particulière, les fins possibles ressemblaient à des pierres longtemps polies par le vent et les intempéries. L'ancien paraissait devoir suivre le nouveau, la ruine précéder la construction. L'antiquité était là, plus pure que dans les traductions de poèmes antiques. La ville n'existait pas encore, peu importe que l'action se situe en son centre et dans un ancien théâtre, toute culture fut abolie. Les marches qui montaient au palier où nous nous tenions semblent dans mon souvenir une élévation quelconque, une sobre indication, comme une peinture de vase ou une pierre à peine sculptée ; la lumière de l'après-midi sur le boulevard Rochechouart était celle d'un dieu à sa genèse.

Quelqu'un vint me chercher, Eva s'en alla. À aucun moment je ne pensais être appelé à la revoir. Nous n'avions pas lié connaissance, à peine échangé quelques mots. À nos âges, d'ordinaire, les vies sont tracées. La sienne au moins me parut telle. À je ne sais quelles paroles adressées à Marie, la Parisienne qui nous avait réunis au Trianon pour un portrait filmé, j'avais cru comprendre qu'Eva avait des enfants, sans doute un mari, un logement dans le quartier et une existence plus rangée que la mienne ; mœurs qu'à l'époque je jugeais insupportables. Je n'imaginais pas qu'Eva n'avait pas touché un homme depuis plusieurs années, passant une vie recluse et parfois désespérante à partager tout avec un fils angelot, vieux démon, chéri, honni comme un amant, dans un appartement charmant, à la fois confortable et négligé, ouvert par quelques fenêtres disjointes sur la cour d'un ancien couvent du quartier Saint-Pierre à Montmartre. Appartement où j'écris ces lignes aujourd'hui, un an après, sous un même soleil d'hiver.

Comme dans les contes ou dans *Le Locataire*, ce film de Roman Polanski tourné par Eva à dix ans – un cameo extravagant qui m'avait ébloui à la première vision sans que je la reconnaisse –, j'occupe la place qui m'attendait de tout temps. J'ai trouvé la porte que je cherchais vers un autre monde.

Après l'entrevue du Trianon, Eva se fit attendre quelques semaines. Le temps de pousser jusqu'à l'écœurement mes dérèglements d'alors. Lassé du clochard et de l'hôtel fantôme de la rue de Beaune, j'avais passé la Seine ; une amie bienveillante sous-louait pour moi un gourbi du côté de la porte Saint-Denis. Entre deux visites de maîtresse ou de dealer, j'essayais avec une maladresse qui me faisait rire tout seul de mener une enquête pour l'édition française de *Vanity Fair*. J'ai toujours été un mauvais journaliste d'investigation mais, dans ces jours-là, je donnais mon pire, joignant une audace de désespéré à l'approximation et à la paresse. J'élaborais des plans de bataille tortueux afin de piéger deux héritières qui eurent tôt fait de me démasquer et de me créer des ennuis. Le téléphone sonnait sans cesse. Il y avait une mezzanine servie par une échelle bricolée avec de vieilles lattes de cageot, très casse-gueule, que ma cinquantaine d'années, mon poids et mes lourdes bottes allemandes rendaient encore plus périlleuse. J'étais pauvre, mon dernier livre ne se vendait pas, j'avais l'impression grisante de toucher le fond. En fait, je me préparais, je subissais les épreuves nécessaires, appauvrissement, désordres, avant de retrouver celle qui m'attendait.

Une des portes de l'autre monde s'ouvrit, à l'hiver 2013, quelque part à Paris dans le quartier situé entre les stations de métro Étienne-Marcel et Strasbourg-Saint-Denis, le boulevard, la vieille rue «parallèle à la Voie lactée» qu'empruntaient les rois de France au retour du sacre, les ruelles transversales où quelques prostituées africaines à demi clochardes survivent encore. Les révolutions propres à la mémoire ont leur parcours qui se trouve lié par des correspondances mystérieuses avec la cartographie. Les plans de la Providence s'appliquant à ceux de la ville réelle amènent celle-là à exister mieux, à se dresser d'une autre manière. Avant même que l'événement capital, rencontre ou accident, se produise, le décor doit être planté. Durant les deux ou trois mois qui précédèrent l'arrivée d'Eva, j'avais le sentiment d'un exil géographique qui me replongeait dans un passé oublié depuis que je campais sur la rive gauche. L'hôtel de la rue de Beaune, les toits de zinc du carré alentour, le voisinage des Tuileries et du quartier Saint-Germain-des-Prés me rappelaient mon enfance et m'apportèrent pendant des années un apaisement moral qu'aucun excès ne pouvait tout à fait déranger. Depuis quelques mois, je reprochais à ces parages leur douceur asservissante, un nouveau duvet qui, en dépit des conditions de vie précaires, m'empêchait de regarder vraiment, de ressentir vivement. Le quartier Saint-Denis où j'étais retombé me renvoyait à l'époque trouble de ma vingtième année durant laquelle toutes les difficultés contre quoi je lutte encore ont commencé à m'embarrasser.

La rive droite, à partir d'une ligne de démarcation que je trace à environ cinq cents mètres de la Seine, dans une zone située entre le Palais-Royal et le pont Alexandre-III, devient un milieu hostile, une ville étrangère, sans doute parce qu'elle échappe à l'arpentage rassurant des promenades de mon enfance. J'exclus le seizième arrondissement qui tient au faubourg Saint-Germain et aux paisibles jardins de Versailles par une de ces lois de la géographie humaine qui dérangent la géographie physique. Hors de ces frontières, je me sens inquiet, exilé, perdu dans une ville étrangère. Dès les premiers jours après mon emménagement, quand je marchais sur le boulevard de Sébastopol où j'ai tant traîné en 1979, entre le square des Arts-et-Métiers et la porte Saint-Denis, j'étais agité d'une exaltation singulière. Comme je l'ai souvent observé, et je ne crois pas être le seul, les plus fracassantes surprises que donne la vie sont précédées d'un mauvais avant-goût, d'une tension préalable. L'amour vrai naît dans la souffrance. Il faut s'épurer de toute fausse joie, de tout plaisir mondain, de toute ambition, de toutes les facilités matérielles, pour atteindre à la liberté du désespéré, seul état dans lequel la vérité du délire amoureux puisse encore trouver sa voie jusqu'au fond de l'être.

La troisième fois que je la vis, Eva se détachait sur une vitrine éclairée qui ressemblait à une devanture d'imprimeur. Derrière ses cheveux blonds on distinguait un papier à en-tête de Buckingham Palace. Marie, toujours elle, avait accroché aux murs d'une boutique de la place Saint-Germain-des-Prés une vitrine contenant des enveloppes. Ces courriers affranchis d'un faux timbre à son effigie avaient été adressés à des personnages aussi fantasques que la reine d'Angleterre ou je ne sais quel poète célèbre enterré au Père-Lachaise, mais aussi à des actrices d'Hollywood. Certaines lettres étaient revenues à l'envoyeur avec la mention « Inconnu à cette adresse », mais d'autres destinataires, tel le secrétariat de la couronne d'Angleterre, avaient répondu.

Ces lettres, ainsi que d'autres artefacts d'une imagination parfois farfelue, étaient l'objet d'une exposition.

L'être qui se tenait aujourd'hui en face de moi s'offrait à mon regard avec une bravoure mêlée d'abandon, de défi et d'autorité. Nous nous embrassâmes sur les joues. Des ongles noirâtres et mal taillés, une tache d'encre sur le pouce donnaient cette fois à Eva la tournure d'une lycéenne. Les fées n'ayant pas d'âge précis, la comparaison n'était pas ridicule. Je remarquai sur la chair blanche et rose de son poignet gauche un petit tatouage usé, en forme de clef de sol. L'allongement des boucles de la clef, le délié du dessin, l'usure de la couleur laissaient penser que cette marque datait d'avant la fin de sa croissance. Je notai aussi non loin du coude une large cicatrice en étoile dont Eva m'apprendrait bientôt qu'il s'agissait d'une croix gammée gravée au rasoir à l'adolescence, retaillée ensuite bien des années plus tard pour l'effacer. Le tatouage, cette cicatrice, le casque qu'elle tenait à la main ainsi qu'un beau blouson de cuir feldgrau à boutonnage oblique, ouvert sur une poitrine à la Russ Meyer, évoquaient au second coup d'œil, après la lycéenne, une fille à motards. Les cheveux me parurent exagérément lissés sur le haut du crâne, sans doute pour empêcher des boucles d'or, désordonnées par un temps pluvieux, de lui dessiner une crinière de bélier mérinos. Les yeux, toujours magnifiques, m'inspirèrent à l'instant où je les croisai l'idée des larmes, de larmes à l'état pur, comme si l'âme d'Eva en avait contemplé la forme originelle dans quelque éther platonicien cinq minutes avant d'entrer chez Louis Vuitton. Ces deux infinis étaient enserrés dans un front étroit dont les tempes semblaient écrasées par un renfoncement passant derrière le repli orbital et la pommette naturellement large. On aurait dit que les deux pouces d'un modeleur avaient appuyé sur l'argile faciale, renflant et faisant tomber du même coup le volet supérieur de la paupière. Ce type de faciès, une telle blondeur mousse tombée des steppes par la Hongrie se retrouvent jusqu'en Italie, à Venise, où Véronèse les a représentés à de multiples occasions. Les vierges et les saintes de la lagune sont les filles d'Attila, pieuses pénitentes des péchés du fléau de Dieu.

La voix semblait plus éraillée et plus éteinte à la fois. Dans le brouhaha, je dus me pencher pour entendre ce qu'Eva me disait. Il s'agissait d'une proposition artistique que je déclinai sans ménagement. Ça ne m'arrivait jamais, je ne me refusais à personne. Pourquoi à elle ce soir-là ? Mystère. Avec le recul, je me fais penser à un garçonnet qui aurait envoyé bouler une petite voisine venue lui proposer une partie de ballon ou de corde à sauter. Eva ramène par sa seule présence tout ce qui l'entoure à la candeur audacieuse et cruelle de l'enfance, elle qui s'est vue tant de fois abusée tente aujourd'hui d'abuser à sa manière des autres. Elle réveilla en moi une brutalité de timide, oubliée depuis la cour d'école. Je me rappelle aussi lui avoir lâché qu'elle était entrée bien tard dans la carrière de metteur en scène de cinéma. Ce n'était pas galant.

Happé par la personne qui m'accompagnait, j'abandonnai Eva. Je crois l'avoir aperçue ensuite qui démarrait un scooter sur le trottoir de la place, mais je n'en suis pas certain. L'attention que je lui prêtais jusque-là n'était que curiosité. Il s'agissait pour moi d'une pièce unique, un objet de collection ou une sorte d'animal rare, de monstre pour tout dire, qui m'intéressait davantage par ce que je savais d'elle que par ce qu'elle pouvait m'apprendre.

*

La position de retrait que j'adoptais en général à l'égard de tout le monde était favorisée par une vie de retraite à la campagne que j'alternais avec mes épisodes parisiens. J'ai tant aimé *Sylvie* que j'ai décidé voilà six ans d'emménager dans le Valois, en pays littéraire. Ainsi puis-je refaire à intervalles réguliers le voyage nocturne aux fêtes d'archers de Loisy et à la maison de Mortefontaine dont la treille brille pour moi d'un fanal éternel.

Mes promenades dans la forêt de Retz, en réparant les dégâts subis à Paris, me permirent longtemps de rêvasser à des projets qui n'étaient pas toujours très purs. Séduction et écriture se mêlaient. À force, ce train de petit maître devenu vieux marcheur était morose, la nature avait perdu de son mystère et, à part quelques fauves et les gros cochons noirs et roux que j'aime depuis l'enfance, nulle présence cachée ne m'attirait plus dans le sous-bois.

Je dînai un vendredi à l'auberge du village avec des amis liés par l'arbre de leur antique famille au Valois, à Senlis et à Mortefontaine. Nous étions en train de boire de l'Irancy et de ricaner de je ne sais plus quoi quand mon téléphone sonna, c'était le petit R. Il festoyait je ne sais plus où à Paris en compagnie d'Eva Ionesco. Il m'ordonna d'organiser un dîner pour elle. Je répondis sans réfléchir : «Oui, elle a de beaux cheveux.»

Expulsé de Strasbourg-Saint-Denis, j'avais emménagé au début du mois d'avril dans un nouvel appartement situé au 118 de la rue de Clignancourt, presque aux portes de Paris, non loin d'un très beau café d'Arabes, l'Étoile Ornano, qui m'avait depuis longtemps fait rêver à cause d'un extravagant néon mauve. Mon bailleur était cette fois un genre de vieux Chinois très snob, dessinateur de son métier, qui avait tapissé les murs de son atelier d'artiste à la Mimi Pinson de photographies légendées au verso de la main d'Hélène Rochas. On y voyait Doris, l'épouse de Yul Brynner, dîner avec les Windsor et Mme Charles de Beistegui, ou encore Leonor Fini en grand apparat accompagnée de son ami Stanilao Lepri. Il y avait aussi, dépouillé de son verre, un banal instantané en couleur de la main du Chinois représentant Régine Choukroun. La photographie, plus récente et moins jolie que les autres, ne rendait pas justice à son modèle. Les cadres étaient fêlés, les photos accrochées de travers, mais tout signifiait que nous n'étions plus dans un gourbi. Je pouvais donc organiser des dîners de pâtes et de vin rouge. Ma bonne amie polonaise continuait de m'avancer le loyer et j'étais parfois plein d'optimisme. Le printemps naissant, ce grenier de modiste redécoré, la protection de quelques-uns, tout augurait bien, sans que je sache trop pourquoi. Je pense encore qu'il s'agissait d'une prémonition. Après deux mois de purgatoire boulevard de Sébastopol, j'étais de retour chez les Arabes, une compagnie que j'aime, car elle m'incite à la vie contemplative, non loin de cet exil de Barbès-Rochechouart où j'ai été si heureux au milieu des années 1980 lors de mon mariage avec A, le modèle de ma chère Niki, petite prostituée eurasienne de mon premier roman.

Retrouver le bas Montmartre, les Arabes, une existence de fauché dans le plus joli appartement que j'aie habité depuis celui de Barbès annonçait tout ce qui allait suivre, je m'en rends compte un an plus tard. Un retour se préparait sans que j'en devine le moindre indice.

Répondant à un heurt à la porte qui n'était pas celui des sorcières de *Macbeth*, j'ouvris au premier invité de mon dîner de pâtes de ce lundi d'avril, Eva.

Me retrouver seul avec elle après autant d'années me donna sans prévenir le genre d'émotion que goûte un collectionneur à recroiser une œuvre qui l'intéresse, qu'il a vue passer bien longtemps plus tôt, qui était trop chère pour lui ou qui n'était pas encore dans son goût, et qu'il tient enfin à sa portée, prête à être accrochée dans le cabinet des fées, au-dessus de son lit ou dans la petite chambre de Barbe-Bleue. Aucune timidité, aucune urgence, le plaisir du jeu et de la conversation. J'aime les tête-à-tête avec des inconnus, toute la timidité qui peut gâcher mon naturel en public se dissipe aussitôt. Je commençai à comprendre qu'Eva voulait se lier avec moi et j'étais heureux qu'elle soit la première personne à me rendre visite dans mon nouvel appartement. Sa présence physique m'était agréable, même si elle restait étrange, surtout par sa sorte d'aplomb très enfantin. Elle se tenait assise à ma table, sagement, comme une petite fille qu'on a donnée à garder et qui ne sait pas si on reviendra la chercher ; alors elle s'habitue, elle cherche sans en avoir l'air à s'attirer la protection de celui que le hasard a mis en face d'elle. Eva est l'être le plus désarmé et le plus brave que je connaisse, où qu'elle soit elle donne l'air d'être nue. C'est une observation postérieure mais qui commença à se formuler ce soir-là, dès les premières minutes.

Quand on ne connaît pas une femme, il convient de lui parler d'elle. Heureusement, je trouvai vite un biais. Un ami m'avait raconté qu'Eva avait fêté les dix-huit ans de Lukas, son fils, en compagnie du metteur en scène Larry Clark et que ce dernier s'était endormi dans les W.-C. J'évoquai cette aventure qui amorça une conversation qui n'a jamais plus cessé. Je découvris chez elle une forme de plaisanterie froide, de placidité scandaleuse qui me mit aussitôt à l'aise. Je l'écoutai raconter ce dîner de punks durant lequel les adultes se tenaient à une petite table, une dizaine d'adolescents et le cinéaste occupant la table d'honneur, tous les enfants se droguant de concert sous les yeux des parents, jusqu'à ce que le vieux satyre finisse par piquer du nez dans les toilettes. Une manière myope et détachée, très Mr. Magoo, d'évoquer un goûter d'enfants qu'une autre mère aurait déploré me réjouit aussitôt. Elle n'en faisait pas non plus trop et je remarquai que son langage et ses intonations avaient une sonorité assez peuple, quoique discrète. Une pointe d'accent parisien lui donnait un côté madame-tout-le-monde, la motarde que j'avais dépouillée de son blouson de cuir et de son casque s'était muée en une sorte de belle charcutière au langage direct qui aurait pu espérer une carrière politique, plutôt à l'extrême droite. Le contraste avec les propos décadents qu'elle tenait n'en était que plus charmeur. Cet étonnant personnage se campa dans la cuisine pendant que je coupais les tomates. Je remarquai qu'elle avait dû transpirer sous son cuir et qu'elle sentait la sueur de blonde. Ses seins, très présents sous une chemise en soie verte, me parurent trop volumineux pour être naturels mais ils ne présentaient pas l'habituel aspect hémisphérique de la zone intercostale à quoi se décèlent les prothèses. Ce petit mystère allait mettre assez longtemps à s'élucider. Il a trait au penchant d'Eva pour la souffrance physique.

Je hais la cuisine de célibataire, durant les années que j'ai vécues sans femme je me suis toujours attaché à réussir des plats simples pour les dévorer ensuite seul au monde, de préférence à la campagne, sur une table bien dressée, avec une argenterie correctement usée, des assiettes fines parfois ébréchées, d'antiques verres soufflés joliment de guingois, et bien sûr du linge de table du dix-neuvième siècle repassé et blanchi. Il m'arrivait de dresser une table pour deux par plaisanterie, et d'apostropher ensuite à haute voix mon double absent. « Chéri, c'est merveilleux, tu as allumé des bougies, ton pot-au-feu est délicieux ! » Je racontais ça à Eva pour la faire rire pendant que je découpais les tomates.

À peine l'avais-je à moi depuis quelques minutes que sa compagnie m'a semblé familière. Elle souriait très peu, je crois même ne l'avoir jamais vue sourire au début, mais riait parfois brièvement d'un gros rire de Diabolo, dévoilant des dents à peine ébréchées au niveau des incisives supérieures qui accentuaient son côté enfantin. Montée sur une paire de talons aiguilles que son ami le chausseur Christian Loubou- tin lui offre par centaines et qu'elle surnomme ses « tatanes », elle me sembla grandie depuis la dernière fois. Elle portait ce soir-là un pantalon noir qui me révéla des hanches étroites et de petites fesses haut placées.

Je retrouvai peu à peu, dans sa façon de parler et certaines intonations parigotes, une musique enten- due autrefois dans la bande qu'elle fréquentait. J'avais oublié cette langue, enfouie dans ma mémoire sous des couches et des couches d'autres langages, d'autres tics, d'autres façons de parler. Après plus de trente ans, j'avais l'impression de reconnaître la voix d'une vieille amie revenue de l'arrière-monde. Une vieille

24

amie ou une parente… Il me vint à l'esprit que ma sœur imaginaire, la petite Marina, un personnage que j'avais créé en pensant en partie à Eva, revenait me hanter. Dans quel but? Je suis superstitieux, même si je m'en cache, la drogue a appuyé ce trait de caractère, et cette présence étrange postée près de moi qui fumait une cigarette sur le balcon en contemplant la nuit me faisait l'effet d'une féerie dont je ne pouvais présager si elle était bonne ou mauvaise. Plusieurs personnes, trompées par les étrangetés d'Eva et préjugeant des séquelles d'une enfance agitée, m'avaient affirmé·qu'elle n'avait pas toute sa tête. Je dois avouer que j'ai passé les premières heures en sa compagnie à guetter des symptômes. Avec des résultats incertains. Peut-être était-ce plutôt moi que j'aurais dû sonder.

J'ai acheté trois jours avant ce dîner une jolie édition du *Faust* de Goethe imprimé sur du papier vert. Il s'agit d'un volume paru chez Crès juste avant la Grande Guerre, en 1913 précisément. Je viens de le rouvrir pour la première fois aujourd'hui. Je ne sais pourquoi ce moment suspendu, durant lequel ce qu'il faut bien appeler le destin allait se nouer, me fait penser à un fragment de l'échange qui a lieu, juste après le pacte entre Faust et Méphistophélès, tel que l'a traduit Gérard de Nerval:

MÉPHISTOPHÉLÈS
Le sang est un suc tout particulier.

FAUST
Aucune crainte maintenant que je viole cet engagement. L'exercice de toute ma force est justement ce que je promets. Je suis trop enflé, il faut maintenant que j'appartienne à ton espèce; le grand Esprit m'a

dédaigné ; la nature se ferme devant moi ; le fil de ma pensée est rompu, et je suis dégoûté de toute science. Il faut que, dans le gouffre de la sensualité, mes passions ardentes s'apaisent ! Qu'au sein de voiles magiques et impénétrables de nouveaux miracles s'apprêtent ! Précipitons-nous dans le murmure des temps, dans les vagues agitées du destin ! et qu'ensuite la douleur et la jouissance, le succès et l'infortune, se suivent comme ils pourront. Il faut désormais que l'homme s'occupe sans relâche.

Précipitons-nous dans le murmure des temps... Voilà l'oracle.

Les autres invités arrivèrent et la soirée prit une tournure moins émouvante. J'ai su ensuite que durant ce dîner Eva avait commencé de me convoiter. Je pense que la charge de ses appels et un certain genre de regards ont été remarqués par une partie des gens présents. M'en suis-je aperçu ? Une part de moi-même se refusait au bonheur. Peut-être ce convive symbolique que j'évoquai pour faire rire Eva, cet autre moi-même que j'invitais parfois à dîner n'était-il que la forme que ma fantaisie donnait à mon mal. Mon moi était à l'époque clairement scindé en deux. La part obscure s'interposait entre ma perception et l'amour qu'on me manifestait. Un peu comme ce *Horla* que Maupassant a vu avant de basculer dans la démence. Si Eva ne s'était montrée par la suite aussi insistante et audacieuse, je ne l'aurais peut-être jamais autrement connue que ce soir-là. Je ne désirais plus rien, et les liaisons me pesaient. Du moins me paraissait-il en être ainsi, j'avais toujours beaucoup de mal à m'avouer que je désirais une femme.

Je me souviens de l'aube suivante comme d'une des plus affreuses que j'aie affrontées. J'ai passé une partie de la journée dans des affres telles que je criais seul dans mon lit. Seule la bonté de mon amie de l'époque, venue pour essayer de me tirer de là, m'apporta un peu de soulagement. La pauvre ne savait pas qu'elle vivait ses dernières heures en ma compagnie, moi non plus. J'écris «la pauvre», mais peut-être se sent-elle libérée.

J'étais à cette époque de ma vie l'objet de changements d'humeur d'une brusquerie enfantine. Le même qui se lamentait sur son sort, allant jusqu'à appeler à voix haute Jésus-Christ à son secours, pouvait, quelques heures plus tard, recommencer une nouvelle soirée de noce durant laquelle il finissait par danser sur les tables avec des inconnues. Le même encore, redevenu ermite à la campagne, réveillé par les oiseaux du matin, pleurait de joie dans sa robe de chambre à carreaux en lisant une poésie de Verlaine avant de se faire griller des tartines de pain alors que, quelques heures plus tôt, au cœur des ténèbres, il cherchait (mollement j'avoue) à se pendre avec la ceinture de la même robe de chambre. L'exercice de la littérature ainsi qu'une hygiène de vie néfaste avaient rendu ces sautes d'humeur encore pires. Le caprice était mon maître et mes humeurs n'obéissaient à rien d'autre qu'à elles-mêmes. J'étais le mauvais cocher du *Phèdre*, mais dans mon attelage même le bon cheval, celui qui élève vers la beauté, était susceptible de me tirer vers le bas. La beauté siège parfois dans le caniveau.

Le dîner avait été si réussi que nous avions décidé

d'en refaire un autre chez un des convives, mon ami H.

Les nuits qui précédèrent ce second dîner furent encore une fois ultra-catastrophiques. J'avais renoué avec un vieil ami iranien, la Shahbanou et nous nous étions mis dans un état affreux. Après quarante-huit heures sans dormir, je ne sais comment j'ai réussi à échouer chez H. Je crois que j'ai pris le métro. J'étais si défait que j'ai dû quitter mes amis au dessert. Je remarquai toutefois la présence d'Eva, qui, assise à mes côtés dans un fauteuil rococo qu'on aurait dit sorti des décors de *L'Impératrice rouge*, me donna du réconfort. Elle s'apparentait à un type de femmes que je n'avais jamais approchées physiquement mais qui avaient parfois joué les amies d'un soir ou les compagnies de virée. Comme aurait dit un travesti que je fréquentais autrefois, elle «connaissait la vie». Son grand naturel, vraiment princier, me frappa une fois encore. Au moment où je l'abandonnais chez H, elle me confia une enveloppe en papier kraft qui contenait un scénario, celui de la suite de son premier film. Le second volet d'une autobiographie romancée. Il évoquait, m'apprit-elle, les infortunes amoureuses d'une jeune fille de quinze ans prise entre les orphelinats et les boîtes de nuit. Comme souvent dans son existence, Eva avait dû gazer la vérité, car c'est de notoriété publique qu'à l'âge de onze ans et demi commença pour elle cette vie d'errance, et non à quinze. J'appréciai un arrangement qui rapprochait l'héroïne de Sade tombée si jeune dans le monde de ces gens bien nés qui ôtent une particule de leur nom de famille.

Le taxi remontait vers le nord, j'ouvris l'enveloppe, découvrant un script relié par une broche à spirale dont la couverture s'ornait d'une photographie en noir et blanc en focale grand-angle représentant l'avant d'une Citroën DS 19. Le titre, en français cette fois, était beau : *Une jeunesse dorée*. La voiture s'arrêta au feu rouge à l'angle du boulevard de Sébastopol et de la rue de Turbigo. Non loin de ce quartier Réaumur, que j'avais retrouvé puis quitté récemment dans de si mauvaises conditions, et de la rue du Bourg-l'Abbé, où j'ai brûlé beaucoup de nuits entre septembre 1979 et janvier 1980. Soudain, dans l'état de fragilité mentale que j'avais atteint ce soir-là, avant que le taxi ne redémarre, les portes du temps s'ouvrirent et un souvenir très ancien me revint. J'avais approché l'Eva de jadis de beaucoup plus près que je ne l'avais cru et, même si elle ne m'avait jamais à proprement dire adressé la parole, nous avions échangé des mots… À ce même carrefour, je m'étais retrouvé au cours d'une de ces nuits de l'hiver 1980, garé en épi devant l'îlot de circulation non loin de l'agence BNP qui fait l'angle. La voiture était une DS sombre du même modèle que celle en photo sur mes genoux. À l'intérieur nous étions quatre, ou plutôt cinq. Trois passagers plus ou moins clandestins dont je faisais partie se serraient à l'arrière, le volant était tenu par un jeune homme d'une grande beauté sanglé dans un trench-coat de couleur craie. À ses côtés, debout ou agenouillée à la place du mort, s'agitait une enfant maquillée, ivre et droguée. Eva portait ce soir-là, si ma mémoire est bonne, une robe Dior 1950 couleur pastel et une paire de mules. De sublimes cheveux blond cendré si lumineux qu'ils semblaient toujours éclairés par une poursuite descendaient en longues boucles le long de ses épaules, une petite frange ou une mèche gominée ornait son front au-dessus de son nez pointu, lui donnant l'allure d'une licorne coiffée pour la parade sur un manège de foire. Elle hurlait, sa minuscule bouche de poupée du dix-neuvième siècle tordue de rage, me désignant de la main, ainsi que mes camarades, obscures silhouettes blotties dans l'ombre, hésitant entre hilarité et terreur : «Charles, pourquoi tu as laissé monter ces trois connards alors que tu n'as même pas d'argent pour mettre de l'essence dans la caisse ! » Échappés des Bains-Douches, nous allions au Palace. Qu'allais-je faire dans cette galère ? Sûrement j'avais suivi un de la bande : peut-être le charmant et acide Éric B, avec qui je traînais souvent à la fin décembre 1979 et que j'ai retrouvé à ma table au dîner de Pierre & Gilles.

Sans doute m'étais-je souvenu une première fois de cet incident avant de l'oublier à nouveau, au moment d'écrire mon premier livre. La colère de la petite Marina, colère de folle ou d'héroïnomane lors d'un pique-nique en Île-de-France avec des travestis, venait en ligne directe de l'épisode de la DS du boulevard de Sébastopol, ainsi peut-être, je dois l'avouer, que l'oraison funèbre de l'*Eva* de mon livre : *cette connasse a fait une overdose*. Réponse du berger à la bergère. Écrire étant parfois une bonne et lâche manière de se venger froidement longtemps après.

Voilà donc une «connasse» sortie de l'au-delà qui demandait sans le savoir au «connard» d'autrefois de l'aider, parce qu'elle aimait son livre, à se refaire au casino de l'existence en rejouant dans le domaine de l'imaginaire une partie plus difficile qu'une simple virée à l'italienne en voiture. Soudain, Paris prenait les couleurs d'un *Multicolore*, je regardai les lumières du boulevard de Magenta, elles n'étaient pas si différentes de celles d'autrefois. Le chiffre de la chance était sorti pour moi. Lorsque je descendis devant le néon mauve de l'Étoile Ornano le romanesque de la situation me donna envie de rire et de danser tout seul pour finir cette troisième nuit de veille en beauté, avant d'attaquer la revanche qui devait m'opposer à cette créature, bonne ou mauvaise, qui sait, mais certainement très initiée par le sang reçu et versé aux sorcelleries de l'art.

Il s'agissait peut-être d'un tour que je me jouais à moi-même. Mon désir eut besoin pour s'avouer d'être aiguillé par le romanesque, ce qui m'amena forcément à user d'arrangements avec une vérité qu'au fond j'ignorais encore malgré l'âge. Était-ce l'Eva d'autrefois, la petite peste vêtue en robe de bal, qui me poussait à me rapprocher de celle d'aujourd'hui? Ou bien un élément nouveau, un désir qui chez la femme prend souvent la forme d'un projet, me rapprochait-il de l'Eva d'aujourd'hui dans l'état de déréliction où je me trouvais? Je crois pour être honnête que les deux motifs se mêlaient. J'aimais, avec les protections que le temps m'apportait, le monstre d'autrefois, car j'ai toujours chéri les monstres et j'ai souvent cherché timidement leur compagnie, mais cette étrange adulte aux yeux si profonds, d'une charité presque chrétienne, qui s'était selon son expression «corrigée», me donnait envie d'elle, parce qu'elle contenait la diablesse et peut-être parce qu'elle l'avait corrigée, tout en restant drôle et mystérieuse. Drôlerie, mystère qu'elle devait à une intelligence éveillée très tôt par des instituteurs immoraux, et peut-être, mais je n'en avais pas la preuve, à son propre démon. Nouveau Ganymède ravi avant l'âge de raison pour le plaisir des dieux pervers, Eva avait forcément gardé quelque teinte de leur éducation.

Les fusains de grand format représentaient de fortes poupées au visage et à l'anatomie hiérarchisés en disproportions et en harmonies suivant un ordre à la Gulliver. Dans un entrelacs d'arabesques qui remplissait l'ensemble du dessin, le *bourrant* de détails en écho, suivant la méthode observée de manière rigide par certains malades mentaux, les figures féminines se détachaient. Souriantes, hiératiques, elles portaient toutes le même masque dessiné à la craie avec un soin et des délicatesses de maquilleur ; c'était celui de Marlene Dietrich, et plus précisément d'une époque de Marlene Dietrich située au début de sa carrière américaine. À côté de ces poupées qui semblaient masquées de latex, comme sur les photographies de Molinier, se dressaient, ventrus, leurs compagnons, arborant la barbe en collier et les pommettes plastifiées des nains de Blanche-Neige. La pièce où étaient accrochées ces œuvres ainsi que d'autres plus petites et parfois encore plus étranges du fait de leur plus grande liberté d'inspiration, car elles obéissaient moins que les grandes à cet ordre figé dans quoi l'obsessionnel trouve mille consolations désespérantes, cette pièce était plongée dans une pénombre religieuse. La galerie d'art s'appelait Le Purgatoire et se trouvait rue de Paradis.

L'exposant, David Rochline, était un petit homme qui avait sans doute dépassé la soixantaine malgré son étrange tenue de Poulbot et une importante crinière de cheveux frisés couleur d'aile de corbeau. Il se montrait à la fois affable et un peu sec, détournant les compliments avec une ironie cruelle, sans pourtant se départir d'une gentillesse exquise, à la fois simple et sucrée, à l'égard de son interlocuteur. Difficile de savoir sur quel pied danser avec ce personnage en sucre, griffes et chiffon qui, comme ses œuvres, semblait d'une élaboration artificielle et sophistiquée à partir d'une base où le sexuel et l'infantile se mélangeaient comme dans les rêves ou les contes. Il appartenait aussi par une certaine souplesse et un côté postiche au monde du music-hall où je sais qu'il a donné des pièces.

D'Eva je ne me souviens pas de grand-chose ce soir-là, sans doute à cause de la pénombre. Peut-être avais-je commencé de m'habituer à sa compagnie. Je me rappelle en revanche qu'un autre jour, bien après, quand nous en étions aux confidences, elle m'apprit qu'elle avait eu, à l'âge de douze ou treize ans, une brève liaison avec cet artiste, « en faisant du camping sauvage ». La juxtaposition de la nymphette, de l'aveu obscène, du sommeil à la belle étoile et de ce curieux zazou aux préférences sexuelles plutôt mystérieuses, constitue un bon exemple de ce que j'appelle la manière humoristique d'Eva. Nabokov n'est pas loin, le camp de vacances de *Lolita* non plus.

Ce soir-là, il n'était pas question pour elle de raconter sa vie, mais de me fourrer avec beaucoup d'autorité dans la poche de mon parka un DVD de sa *Little*

Princess. « Ne le perds pas dans la rue, me dit-elle, je n'en ai pas beaucoup. » Je pense que ma faiblesse affichée au dîner chez H lui avait permis d'assurer une ligne de conduite du type « femme d'ivrogne » qui la rassurait dans son entreprise de séduction. Cette familiarité amoureuse qui commençait à poindre chez elle me plaisait, surtout à penser aux injures anciennes qu'elle avait, bien sûr, oubliées. La vieille technique de séducteur consistant à se montrer méchant au premier abord avant de jouer sur le velours marchait ici sans que la séductrice en soit avertie, ni la proie abusée.

Elle me planta et alla rejoindre ses amis, nombreux ce soir-là. Je me souviens d'avoir été plus tard assis à l'extérieur non loin d'un buffet d'huîtres et de champagne. Je siégeais sur une marche près de Paquita, autre suppôt des nuits d'autrefois. Paquita m'entretenait d'une revue à laquelle elle participe. Ses intonations gouailleuses, son train de titi mélangé avec quelques aspirées à la fois snobs et dérision de snobisme, me charmaient particulièrement, aussi parce qu'elle me rappelait celle qui était assise de l'autre côté de la cour, derrière la silhouette clownesque à la Lautrec de Grazia Eminente. Un homme s'approcha du groupe où Eva se tenait entourée d'une garde rapprochée, il fit semblant de vouloir la peloter pour de rire, Eva dressa les deux bras en l'air et je reconnus les cris stridents du bon vieux temps. Mon attention fut ensuite attirée par un autre ami de Paquita, un délicat spectre junkie doté d'une conversation éteinte et amusante. J'oubliai Eva qui m'oublia aussi pour quelques heures.

Le DVD d'Eva était chargé d'une puissance de

destruction magique, il eut raison de deux lecteurs dont un que je fus forcé d'ouvrir au marteau et au tournevis. Le pire était que je n'avais pas regardé un film en entier depuis des années, me contentant exclusivement de films pornographiques, unique cinéma que je trouvais obéir aux canons de l'art forain. Même les films d'horreur et les *teenage movies* que j'ai tant aimés n'arrivaient plus à me tenir en place. Une séance de cinéma me paraissait une torture comparable à celle d'un dîner pour un enfant ou un vol long-courrier en classe économique pour l'homme âgé que j'étais en train de devenir. Quant aux vidéos et aux DVD, à peine avais-je appuyé sur le bouton de lecture que j'étais pris d'une envie terrible de dormir ou de téléphoner à des amis.

Il me fallut au moins six séances pour découvrir en entier le film d'Eva, non qu'il me déplût, au contraire. J'étais surpris par son art. Certaines séquences, en particulier les scènes de photographies érotiques, étaient belles. Il atteignait parfois la qualité du cinéma d'Europe centrale. Les racines d'Eva donnaient à l'ensemble une qualité de baroque un peu sinistre et de grotesque psychologique émouvants pour moi. L'épisode le plus décadent du film, quand la fillette est ouverte à l'amour et à l'opium par un Anglais dans une sorte de manoir, correspond tout à fait à mes canons en matière d'art visuel. J'y mesurais une vraie charge méphitique, rendant au cinéma sa qualité première : celle d'une diablerie. Eva devait m'apprendre ensuite que l'opium de l'Anglais n'était pas un orviétan et qu'elle avait eu grand mal à préserver la fillette.

Seul défaut : une curieuse ellipse psychologique

qui sauvait la morale du film au prix de son unité. La rupture entre l'enfant et sa mère intervenait de manière trop brusque, la prise de conscience de la fillette n'était pas assez justifiée, peut-être parce qu'elle était trop nette et ne rendait pas tout à fait compte de la vérité. Difficile d'aborder cette question d'emblée, mais je remis ce devoir à plus tard, me promettant de faire à Eva des compliments d'autant plus faciles à exprimer qu'ils étaient sincères. Je commençai à discerner en quoi nos deux styles pouvaient se compléter sans s'asservir. Celle qui m'avait inspiré autrefois pouvait profiter de mes malices d'illusionniste et de ce vernis de sincérité assez louche que je savais donner à mes artifices. À cette époque sombre de ma vie, l'art m'apparaissait comme un pur exercice de séduction, une activité d'autant plus perverse qu'elle prenait les couleurs de la moralité, de l'abandon rousseauiste ou d'une gaieté triste à la Sagan. Le plaisir que je prenais à écrire, si grand et si solitaire qu'il avait bouleversé mes rapports avec les autres êtres, se comparait à la joie de Don Juan ou de Valmont quand ils montent une machine. Le lecteur était ma proie, et ma joie ne pouvait être plus éclatante que quand j'avais le sentiment d'avoir bien menti en jouant le jeu de la vérité[1]. Le petit nombre de gens à avoir lu mon dernier livre ne me chagrinait pas, car je n'ai jamais cherché à séduire que l'élite.

Comme dans *La Féline*, ce beau film américain de Jacques Tourneur, aux intonations si baroques et si transylvaniennes, j'avais l'impression d'avoir

---

1. Je pense à cette citation de William Blake faite par Lucian Freud dans une interview : *La vérité dite avec une mauvaise intention est pire que tous les mensonges qu'on peut inventer.*

rencontré une sœur. Nous allions pouvoir chasser ensemble. Je lui apprendrais quelques trucs, peut-être, mais j'étais sûr d'en trouver de bien plus intéressants dans son sac. Le coup de la fillette subornée qui rend un hommage émouvant à sa marâtre, une «lettre d'amour», avait-on dit, tout en préparant dans l'ombre des lettres de justice me paraissait une œuvre de maître sacripant, et la maîtrise dudit sacripant pouvait encore gagner à mon contact.

Voilà que je me noircissais de nouveau, toujours par ce naïf besoin d'avoir l'air plus méchant que je ne l'étais. Cette oscillation morale qui tenait du dédoublement de personnalité était un tour que je me jouais à moi-même. Ainsi, pour dire toute la vérité, ce fameux goût que j'affichais pour les films pornographiques m'amenait souvent après des nuits de chasse où je courais de film en film, choisissant au fur et à mesure de mon intoxication à la drogue des bobines de plus en plus bizarres, jusqu'à des états proches de la prière. Je me souviens d'une mineure au visage d'ange, une petite Népalaise, je crois, souillée (légèrement mais ce devait être grave pour elle) dans une bobine pakistanaise ou indienne. J'ai passé la matinée d'un dimanche seul dans la lumière du printemps, à la campagne, à prier à genoux pour elle. Certes, j'étais parfaitement ivre, mais une certaine vérité de l'être m'était apparue dont je suis fier et que je ne renierai jamais.

*

J'ai su très vite qu'Eva allait me rendre heureux, c'est-à-dire m'affoler, bouleverser ma vie si complètement qu'il faudrait tout refaire autrement et dans le désarroi, seul symptôme incontestable de la vérité. Je l'ai su en trouvant une ancienne photographie d'elle sur Internet, un cliché dont elle m'a donné plus tard un tirage. Ce portrait fut pris au Privilège quelques années après que j'ai croisé Eva. Elle est plus âgée qu'à l'époque où elle m'a insulté et infiniment plus belle et touchante. Elle a seize ans, un âge où elle vivait seule à l'hôtel *La Louisiane*, dépensant en un an l'argent que lui avaient rapporté des rôles d'enfant plus ou moins déshabillée au cinéma. Seule, à *La Louisiane*, avec pour compagnons une valise Samsonite bleue pleine de robes de bal et des livres, de théâtre mais aussi d'Aristote, un philosophe qu'elle apprécie car «il est très ordonné». Assise seule à une table telle la petite Pegeen du vieux dramaturge irlandais, Eva se retourne vers le photographe. Elle n'a pas l'air «farouche» au sens où le français courant entend cette qualité, mais plutôt perdu, ou mieux «perdue», suivant les licences de la syntaxe moderne. Elle tient une cigarette blonde sans filtre dans des petites mains qui n'ont pas changé et la clef de sol apparaît sur son poignet, peut-être plus foncée à l'époque qu'aujourd'hui. Les joues enfantines avaient déjà fondu, découvrant le beau regard qu'elle continue de porter sur les autres et d'offrir au monde extérieur. La solitude, la capacité d'être seule et de se perdre, sa plus grande qualité morale – la bravoure – ressortent de tout son être tel qu'il est saisi par la pellicule argentique. Même les jeunes cuisses croisées, nues sous la robe en soie blanche, exaltent cette solitude superbe de fugueuse livrée à toutes les intempéries et toutes les intempérances comme la Justine de Sade, saint Jean Baptiste ou sainte Marie l'Égyptienne telle que l'a peinte une seule fois sous un palmier doré Tintoretto pour les religieux de Saint-Roch.

Quand je découvris cette figure, ce regard reconnaissable entre tous, je fus saisi d'un sentiment de déjà-vu. Je retrouvais la fillette de mon premier roman. Je crus, mais je m'abusais, avoir aperçu cette photo dans un album de la photographe Roxanne Lowit, *Moments*. En le feuilletant, je me rendis compte que non. Il y avait bien un portrait d'Eva en compagnie d'Edwige, mais il datait de l'époque antérieure, celle des insultes et de la DS. Cette nouvelle photo m'était inconnue et m'avait pourtant inspiré le personnage de Marina, la fillette perdue de mon premier roman. Il m'arrivait encore parfois de sortir danser en 1981, époque approximative du cliché, mais je ne me souviens pas d'avoir jamais recroisé Eva.

Ai-je vu cette photo avant d'écrire? C'est peu probable, mais possible. L'autre hypothèse que je favorisais était que j'avais inventé cette image sous l'influence d'une inspiration médiumnique et qu'elle me revenait pour m'envoûter, ou plutôt accélérer le processus de cristallisation qui était en train de s'opérer sous mes yeux et à mon insu sur l'Eva réelle. J'allai chercher mon roman et je recopiai en légende de la photographie cette phrase qu'elle – et non une autre – m'avait inspirée dix ans plus tôt, alors que je ne la connaissais pas:

> Marina était dans l'éclat de ses quinze ans et demi, ses yeux déjà cernés brillaient, et pourtant s'assombrissaient parfois d'un voile, quand passait derrière l'iris l'âme prisonnière.

Une fois la phrase écrite, récrite plutôt de la main du même homme, mais qui n'était plus le même, l'effigie s'était animée et voilà maintenant qu'elle me regardait avec les yeux d'autrefois. Non le regard de l'Eva d'autrefois sur moi, mais celui qu'autrefois j'aurais aimé voir posé sur moi par quelqu'un de pareil à l'Eva de la photo, vivant la vie de cette *Eva* là. Comme dans une nouvelle de Théophile Gautier, j'avais rendu l'image amoureuse. Une prière vieille de dix ans l'avait émue.

Je me mis à relire dans une édition de poche mon vieux roman que je n'avais pas rouvert depuis longtemps. Le livre était illustré en couverture de la photo de l'autre inspiratrice, celle du cartouche funèbre de la petite Babsi. Comme dans les pochettes d'images qui s'achetaient autrefois dans les boulangeries, je venais d'apparier enfin, après une longue attente, les deux numéros de tête de ma collection d'apparitions : Eva et Babsi.

Seule Eva avait survécu. Je me rappelais m'être souvent reproché, quand j'assurais la publicité de mon livre, d'avoir écrit, sous prétexte de louer le lien de la grâce et de la ruine, une invitation à se jeter par la fenêtre. Ce reproche était d'ordre moral, il tenait à l'engagement. Le livre humiliait l'auteur, puisqu'il allait plus loin que lui, souvent si prudent dans l'usage de sa vie. *Prudent* étant une litote, à vingt ans je pensais « lâche ». C'est ce porte-à-faux qui m'a conduit pendant les dix années qui ont suivi à me pousser dans tous les excès. Très naïvement, je voulais être à la hauteur de ce que j'avais écrit. Ce pousse-au-crime devait se payer. Il fallait expier le défaut de témérité qui avait été nécessaire à une lente maturation. Je savais bien qu'existaient durant ma jeunesse autour de moi des gens qui vivaient selon les préceptes que j'ai développés dans mon livre. J'en connaissais certains, d'autres étaient trop difficiles, trop farouches pour moi. La plupart étaient morts, et c'est pour cette raison que je m'acharnais à me détruire. Ils me tiraient par les pieds parce que je m'étais servi d'eux pour faire une œuvre d'art. À chaque époque ses engagements. Celui qui s'offrait à ceux de ma génération était simplement nihiliste. Pour rester beau, il fallait mourir jeune et de préférence par overdose. *No future*.

Et voilà que de coulisses oubliées ressortait un des plus déchaînés de tous ces mauvais anges, qui affichait plus de combats en première ligne que personne. L'intrépidité faite demi-vierge. Au moins dix ordalies l'avaient laissée pour morte et peut-être aujourd'hui m'aimait-elle ? Je me sentis submergé.

Je relus des passages de la fin de mon livre concernant la faillite de la grâce. Une faiblesse m'apparut, la grâce que j'avais voulu tuer dans mon héroïne, non seulement avait survécu en Eva, mais me semblait embellie de cette sublime vertu, la plus rare et la plus bafouée aujourd'hui, celle que m'avait enseignée la religion de mon enfance – la charité. Comme elle n'allait pas tarder à me le dire : elle s'était « corrigée ». Cette douceur mariale, que je sentais dans sa présence près de moi, qui irradiait jusqu'à moi durant ce dîner où j'étais si pitoyable, ne pouvait venir que de cette vertu, ou alors (car toujours quelqu'un en moi disait « ou alors »), ou alors c'était une diablerie. La charité dont elle se parait n'était qu'un piège, une ruse de folle ou de mauvaise fée. Cette hypothèse ne me déplaisait pas non plus. Le trophée qui s'offrait à moi allait tuer en moi la capacité d'écrire, me dépouiller enfin de cet artifice, de cette séduction dont l'usage commençait de m'écœurer. En même temps que la photo je découvris qu'Eva avait gagné ses procès contre sa mère, elle devait au fond de soi haïr les artistes, surtout ceux qui se servaient d'elle comme modèle. Galatée tenait de la Vénus d'Ille, gare à son étreinte. Eva n'est pas seulement la *Prima Pandora*, mais aussi le titre d'un roman de James Hadley Chase, *Eva*, l'histoire d'une garce qui dépouille un imposteur, un voleur de manuscrit, dessèche sa pauvre capacité d'écrire avant de le laisser sur le carreau sans même prendre la peine de l'achever. Je me savais plus fort que le héros du romancier anglais, mais restait à voir si mon Eva n'était pas d'une autre trempe que celle du livre.

Les nuits qui suivirent la découverte de cette photographie, je dormis plus mal que d'habitude. Il m'arriva de me relever, d'aller à la fenêtre de ma chambre et de regarder la nuit. À mes côtés je sentais une présence nouvelle, bonne ou mauvaise, mais je n'étais plus seul, il y avait quelqu'un.

Toutes ces imaginations me tournaient la tête. Suivant une pente ordinaire, la solitude affolait chez moi depuis plusieurs années un pouvoir d'embellissement que rien ne venait corriger. Par moments, mon sens critique souffrait de cette liberté que j'avais à la campagne de n'en faire qu'à ma tête, c'est-à-dire écrire, lire, m'étourdir, boire et marcher seul dans les bois. Ce n'était pas la solitude qui se révélait redoutable, mais l'addiction qu'elle entraîne. Ma solitude était devenue ma principale obsession, je n'avais qu'une idée en tête : me renfermer dans ma retraite pour pouvoir recommencer à jouer tel un enfant dans sa chambre. Une vie d'ermite sans Dieu manque de cette confrontation que la prière, ou à défaut l'examen de conscience, impose au chrétien. Je me passais trop de choses, je m'infantilisais. Je ne devenais pas fou, mais peut-être moins vif, plus complaisant, *suffisant*, comme me l'a justement reproché naguère une femme que j'ai écartée de ma vie pour préserver mon travail littéraire et mon confort. Ce dernier mot est laid, mais il me peint.

*

Quand je rappelai Eva pour lui parler de son film, le son de sa voix me sembla plus agréable, plus doux. À ses intonations je m'assurai soudain que je plaisais. J'hésitais encore à la revoir, non par fatuité ou par timidité, mais parce que je commençais à vouer une forme d'estime particulière à Eva et je me souciais de ne pas la traiter comme les autres, car je savais que je la perdrais aussitôt. Par ailleurs, cette amitié, cette estime que j'avais pour elle me trompait sur mes intentions, car, depuis bien des années, j'avais dissocié la bienveillance du désir physique. Plus je maltraitais une femme, plus j'avais envie d'elle, un travers que je croyais définitif. Lorsqu'on a pris ce genre de pli, il est rare qu'on se corrige. Mon doute sur mon propre désir me rendait pervers. La simple curiosité suffisait à m'attirer vers quelqu'un. Le désir était un processus secondaire souvent surprenant qui venait ou ne venait pas. L'âge m'avait rendu les choses encore plus mystérieuses. Ce qui est sûr, c'est que j'étais capable de coucher dans le lit de n'importe qui pour en savoir plus. Je n'avais plus aucun critère physique ou moral, la pauvreté, la richesse, la beauté ou la vieillesse ne me faisaient pas peur, hommes, femmes, tous m'intéressaient, j'aurais rêvé de vivre une histoire d'amour avec une guenon. C'étaient quand même les femmes qui avaient ma faveur, je les trouvais plus drôles et plus douces que les hommes, même si j'avais toujours beaucoup aimé la compagnie des travestis. Pour des raisons qui ont trait à ma peur de la prison, je n'avais jamais eu affaire avec des enfants, quoique j'adore les petites filles. Je le regrettais, sans savoir qu'il me serait donné un jour de finir ma vie avec la plus extravagante des femmes-enfants.

Nouveau dîner, nouvelle occasion, il fallait la saisir. Un mois de flirt, c'est beaucoup.

*

Le regard qu'Eva fixa sur moi, une fois que je lui pris la main sous la table, vers deux heures du matin boulevard des Invalides, solda toutes mes autres espérances. Il m'apparut d'abord, à cause de mes préventions, comme un regard de folle dont il avait le flou fixe et menaçant. Aujourd'hui, je sais pour l'avoir revu et en avoir supporté de nouveau l'assaut qu'Eva était simplement saoule. Mais cette découverte postérieure n'a rien changé, ce regard est resté fixé sur moi et il me poursuit encore à l'instant pendant que j'écris. «Pas de quartier», voilà ce que signifiait ce regard, pour la première fois armé d'un sourire, même s'il était troublé par l'alcool et la cocaïne. Je lisais dans ces yeux d'un gris horizon vissés dans les miens, même s'ils oscillaient légèrement entre ma pommette gauche et ma pommette droite, un engagement et une exigence d'engagement que je n'avais jamais rencontrés, encore moins affrontés. Il avait fallu attendre la cinquantaine, l'endurcissement de l'art et de la solitude pour pouvoir répondre à un tel défi. La sirène d'autrefois était revenue, mais sûrement pas pour jouer une partie de plaisir, non, c'était un jeu autrement dangereux à quoi m'invitaient ces yeux-là. Il allait falloir que je me dépouille de tout, mes atouts, mes mensonges. L'adversaire – car toute femme est un adversaire – appartenait à une catégorie que j'avais depuis longtemps jugée au-dessus de mes forces. Le regard pouvait dire beaucoup de choses : la première, c'était : « Baise-moi, mais baise-moi bien », ce qui, dans l'état où je m'étais mis, tenait du prodige. La seconde : « Tu ne me quitteras plus et pour moi tu abandonneras tout : tes amis, ta maison, ton art s'il le faut et si je le veux. » Un ami sud-américain, pour parler de ce que les Français appellent un château en Espagne, disait « un rêve de femme saoule », un idiotisme que je n'ai jamais entendu depuis qu'il s'est suicidé d'une balle de revolver par désespoir amoureux. Peu importe qu'Eva ait été saoule à ce moment, que j'aie revu ensuite ce regard dans d'autres circonstances, l'engagement qu'il réclamait, le vœu que j'ai cru dans ma propre ivresse lire dans ces yeux-là, a changé ma vie. C'était une conversion. Son écume à l'odeur marine me baigne encore chaque jour.

Eva était vêtue ce soir-là d'une chemise de soie

noire qui découvrait presque entièrement deux énormes seins nus. Elle transpirait et je pouvais sentir son odeur à distance. Comme ces femmes saoules de Georges Bataille qui s'effondrent soudain, ces mères indignes qui vomissent sur les tapis des grands hôtels, je la voyais osciller sur sa chaise, les yeux rivés dans les miens tel un fakir ou quelqu'un qui s'apprête à vous mettre son poing dans la figure. Son épaississement lui donnait un poids particulier, une qualité de relief d'une sensualité presque pornographique qui se traduisait par ce léger ébranlement qui lui faisait frotter ses cuisses l'une contre l'autre pour ne pas tomber, une manière de masturbation discrète qui rendait sa chair plus moite et plus odorante. Comme toujours, elle n'était pas soignée, rien à voir avec les femmes-poupées que je fréquentais alors. Le cheveu frisottait, le maquillage ne bavait pas mais donnait une impression de flou sur cette chair qui semblait faite de l'argile des premiers jours de la Genèse. Jamais le prénom d'Ève ne parut si bien porté. Il y avait quelque chose en elle de l'épouse, de la ména-gère, de la mégère, de la femme en couche, de la strige et de la nymphe.

L'enfant d'autrefois, enfermé dans ce corps de Junon, n'allait pas tarder à apparaître, peut-être était-ce lui qui agitait d'un mouvement étrange presque comique les deux petits sourcils blonds, pauvres comme les herbes jaunes du bord de mer, au-dessus de l'eau trouble de ce regard. Une transe singulière agitait ses sourcils qui faisaient bouger la chair blanche et rose, un peu figée, du front. Remué par les sourcils, le glauque de l'iris semblait osciller, scintiller telle la surface de la mer. Parfois je baissais les yeux ou je les détournais pour m'adresser à quelqu'un d'autre, car nous étions encore plusieurs à table malgré l'heure tardive, et quand je me retournais, les yeux d'Eva étaient toujours là, posés dans les miens avec une fixité, une détermination mortelle qui m'auraient fait trembler si je n'avais pas été sûr de moi, sûr de l'embrasser tout à l'heure, de l'aimer toujours et de finir ma vie avec elle. À ce moment, j'ai su que nous ne nous quitterions plus.

Quand nous nous sommes levés pour aller coucher ensemble, au vu et au su de tout le monde, vacillant sur nos jambes, j'avais peur d'Eva plus que je n'ai jamais eu peur d'aucun être. J'avais autant peur de la perdre que de la gagner. Les seules perceptions qui me rassuraient, à part la chaleur molle de sa main, étaient son odeur et les bourrelets qui surmontaient son pantalon et qu'elle laissa voir en me laissant lui enfiler sa veste ou son manteau, je ne sais plus. Ces défauts facilitaient l'assaut, le combat qui allait se livrer. Ils donnaient à cet être au regard trop insolent une lourdeur, une qualité de déchéance, une humanité de femelle soumise et je reniflais en Eva la faculté de se laisser pénétrer au plus profond.

Je ne sais plus comment nous descendîmes le perron de la maison ni qui appela un taxi. Une fois sur la banquette, je fus libéré. J'étais si saoul et si intoxiqué que je ne me souviens pas de grand-chose, si ce n'est de cette confiance qui m'envahit en même temps que la chaleur du corps qui se collait à moi. L'épaisseur du passé, les dizaines de milliers de jours et de nuits passés l'un sans l'autre, la complexité des motifs qui nous avaient conduits puis liés l'un à l'autre, l'emmêlement des fils de nos consciences – Eva m'aimant à cause de l'évocation exacte, exacte parce que poétique, donc inventée et inspirée par elle tout à la fois, que j'avais réussie d'une enfance commune que nous n'avions pourtant pas partagée – donnaient à nos baisers une densité extraordinaire, celle d'une semence qui allait pousser en nous au risque de nous mélanger totalement. L'abandon amoureux si naturel, si définitif que je sentais dans le corps que je serrais contre moi, ou plutôt qui se collait à moi, avait éteint d'un souffle toutes mes réserves, avant même que le taxi traverse la Seine au pont de la Concorde. C'était un plongeon de l'être dans l'être que seul l'art permet quand il se mêle d'épouser la vie.

*

Le lendemain, dimanche 28 avril 2013, sous le signe du Taureau, par un temps limpide, j'emmenai Eva à la campagne. Je ne sentais en elle aucun lien avec le passé, sa vie ancienne s'était arrêtée, comme la mienne à l'instant quand nous nous étions embrassés. Tout était rompu, nous étions désormais chacun le captif de l'autre. Pour sceller cette union si longtemps attendue, nous fîmes le premier des nombreux voyages en voiture qui devaient rythmer le début de notre amour. Je possède un vieux break rouillé, le conducteur y est séparé du passager par une tablette de faux bois verni posée sur la barre de transmission. Pour la première fois depuis notre évasion du dîner, nous ne pouvions donc être blottis l'un contre l'autre et j'en profitai pour regarder à la dérobée ma prisonnière qui sommeillait à demi les yeux cachés derrière de grosses lunettes noires. Au mépris de son âge, je pensai à la scène de *Lolita* quand, au sortir du motel des Chasseurs enchantés, Humbert et sa petite victime commencent un long périple en break à travers les États-Unis.

En conduisant, je confiai à Eva mes pensées qui la firent rire. Une des qualités premières qui m'apparurent chez elle est sa prestesse à saisir mes bizarreries. L'étrange féerie dont j'ai parlé plus haut s'était révélée à moi à peine quelques heures plus tôt, lorsque j'avais posé cette femme gigogne sur le drap de mon lit. Aussitôt à l'horizontale, aussitôt forcée dans son intimité, l'enfant d'autrefois était revenue doucement se lover dans mes bras. La voix d'Eva avait changé. La manière dont elle accordait ses baisers, la tendresse débordante et naïve dont elle était capable, tout jusqu'à sa petite langue d'aspic trahissait la complexité de sa nature. Un baiser suffit à changer Eva en une enfant de six ou sept ans, elle retrouve sous l'impulsion du désir physique l'âge où elle fut aimée. Pervertie, mais aimée. À l'étrange destin qui consiste à faire l'amour à un de ses personnages venait s'ajouter cette féerie interdite. J'avais une enfant dans mon lit, à jamais. La petite fille blonde du couvent de mon enfance, ma Pegeen, s'était enfin donnée à moi. Je n'aurai plus jamais besoin d'embrasser d'autres filles ou, suivant mes habitudes d'enfant, la chair de mon avant-bras. De la vision poétique et douloureuse que j'avais de la vie à dix-neuf ans, du travail accompli près de vingt ans plus tard, du lent sortilège de la lecture, une Ève de chair et de sang m'était rendue et, comme tous les êtres romanesques, elle ne vieillirait jamais, ne me décevrait pas, ne partirait pas. Eva était là pour toujours, jusqu'à ce que la mort nous sépare.

Relisant ce qui précède, je me soupçonne de reconstruire le passé à la lumière de ce qui m'est apparu plus tard, je me dis que je ne devais pas voir si clair il y a un an. Par chance, j'ai conservé une preuve de mes sentiments de l'époque.

Peu avant de rencontrer Eva, j'avais vendu pour vivre les droits d'un journal intime et littéraire. Sachant qu'un tel passe-temps peut faire négliger toute autre forme d'écriture, je m'étais engagé à jouer les diaristes pendant une période éphémère de trois mois. À mon train d'alors, j'étais certain de remplir deux cents pages remuantes. Mieux : je croyais tenir la chute. À l'époque, je gouvernais encore ma vie sans égards pour quiconque, multipliant les contrats d'édition et les rencontres amicales, je prévoyais de finir ce fragment d'existence en Californie, où je m'étais promis de retrouver quelques anciens membres de la famille Manson pour attaquer un autre livre. Cette enquête autour des conditions exactes de la mort de Sharon Tate, le noir soleil californien contrastant avec ma sordide et mondaine existence parisienne, le tout orné de réflexions sur la littérature des siècles passés, me semblaient un bon mélange littéraire. Lire Erwin Rohde et me livrer au culte des morts (mes préoccupations de l'époque) sous les bougainvillées de Bel Air ou sur les algues du Pacifique après avoir rencontré un second couteau de la secte d'autrefois m'amusait par avance, j'étais sûr de mon effet, l'avenir était tracé, un peu sèchement toutefois.

Eva remplaça la Californie dans cette ruée vers l'or, mettant un point d'arrêt à ma fuite en avant. Le dernier tiers de ce journal, si noir par certains côtés, contient une élégie à peine esquissée, le roman fragile et serein du premier mois de notre union, ce mois de mai qui nous a vus naître tous les deux, Eva le 21 et moi le 12, cinq ans avant elle.

Voici ce que j'écrivais, au matin du second jour :

> *Lundi 29 avril.* – Eva est entrée dans ma vie en deux nuits. Pour la première fois samedi chez M.B. alors que nous nous tenions la main au vu et au su de tout le monde, je l'ai vue sourire. Un sourire si étrange, un regard si appuyé que j'ai failli prendre peur. Par certains côtés, on pourrait craindre qu'elle soit folle, il émane d'elle sous le naturel et le négligé un charme insinuant. On dirait que la petite fée d'autrefois est restée cachée dans le corps de la femme adulte. Celle-là apparaît parfois, surtout allongée dans un lit.

Je ne m'étais pas relu. Voilà qui prouverait, selon les vues, soit la fixité morbide de mes obsessions, soit la solidité de mon analyse.

Plus loin, le portrait gagne en relief, il est pris sur le vif :

> *Dimanche 5 mai.* – Eva dort à l'étage, tout à l'heure, avant que je me lève, elle m'a demandé de la serrer dans mes bras. Sa voix était celle d'une enfant. Je pense qu'elle dormait à moitié et qu'elle baignait

dans un état crépusculaire, quasi somnambulique. C'est la fillette qui parlait, l'obscur double qui dort en elle. Les épreuves qu'elle a traversées à l'âge le plus tendre ont troublé sa capacité d'expression ainsi que certaines intonations. Elle parle par saccades avec une sorte de monotonie, un sérieux indéchiffrable. Ses propos résistent parfois à mon intelligence comme ces œuvres vraiment nouvelles, musicales, ou ces esprits particulièrement singuliers (je pense à Ezra Pound). Elle n'est absolument pas maniérée, son naturel est profondément troublant, tout en étant d'expression française elle parle assez souvent une langue qui m'est étrangère, pleine de commentaires inachevés, d'embryons de phrase, d'arrêts qui correspondent à des blocages, à des trous dans son raisonnement, ou alors à des associations obscures. Elle est à mes yeux l'être le plus inspirant jamais rencontré.

Le parti pris d'observation qui affiche la froideur d'un compte rendu psychiatrique et la distance d'une analyse littéraire masquent mal l'émotion sous-jacente à quoi je résistais encore. De la fascination pour la fillette d'autrefois, me voilà monté en six jours à un sentiment plus pur, l'appel d'un être différent, d'une autre intelligence, d'une âme sœur, à supposer que je m'autorise à employer le mot « âme » pour autre chose que le fond minéral d'un miroir. Ce pas franchi est un saut ontologique. L'amour commençait à me libérer de moi. Le regard de l'autre, l'eau froide des yeux qu'Eva posait sur moi, sa vision du monde, ses bégaiements, les miens, les critiques qu'elle me portait, la gêne qu'elle créait par sa présence affinaient ma sensibilité.

À peine nous étions-nous trouvés que nous vécûmes ensemble nuit et jour pareils à ces oiseaux qu'on nomme *inséparables*. Une telle intimité immédiate et sans retenue était due à la liberté – je vivais seul et le fils d'Eva, qui venait d'avoir dix-huit ans, s'émancipait en tournant un film avec Larry Clark –, à la crainte du temps perdu mais tenait aussi à l'exaltation de nos caractères. Toutes les graves résolutions que j'ai prises, je les ai tenues en un instant sur un coup de tête. Autant je me montre précautionneux ou velléitaire dans les devoirs de la vie quotidienne, autant, quand ma vie est engagée, je me jette en avant. Je crains davantage de manquer une belle occasion ou l'ennui de me laisser endormir que je ne redoute les conséquences de mes actes. Ça vient de mon absence de géométrie, d'une paresse à imaginer l'avenir, de la fameuse légèreté française, mais aussi d'une certaine fermeté de jugement et de confiance en mon instinct. La fougue d'Eva n'est plus à démontrer, sa vie entière en témoigne. Il ne s'agit pas d'une simple témérité slave, du vertige qu'elle connaît trop bien du passage à l'acte, mais d'un sens aigu de la Providence. Eva s'est si souvent perdue qu'elle connaît sa bonne étoile.

*

Les amants ont pour ruse ordinaire de dissimuler leurs défauts les premiers temps. Nous n'avons ni l'un ni l'autre pris une telle précaution. Je me heurtai en quelques jours chez Eva à des aspérités de caractère extravagantes et je ne lui laissai rien ignorer de l'endurcissement égoïste à quoi la solitude croit devoir son salut. Je découvris très vite que le contrôle qu'elle exerçait sur elle-même s'arrêtait avant la politesse, ou alors cette politesse trop formelle de gendarme qui cachait de l'insolence et du mépris. Le goût de l'ordre moral qu'elle affichait se doublait d'une sale ironie, de cris, de crachements de bête sauvage dès qu'un tiers se mettait en position de lui reprocher la moindre faute. Toute autorité lui était insupportable. Une éducation chaotique ajoutée à un peu de perversité innée ou acquise entre le giron de sa mère, le joug des maisons de correction et la fréquentation des voyous de la foire du Trône lui avaient donné de la défiance à l'égard des convenances, du rangement et de l'hygiène. Un fond obsessionnel qui la protège de l'angoisse ajoutait à ces travers une propension extraordinaire au rabâchage. Au premier conflit la comédienne n'était jamais très loin et affichait un vrai talent pour les improvisations dramatiques et les gestes spectaculaires. Il m'a fallu plusieurs fois la retenir à bras-le-corps alors qu'elle menaçait de se jeter par la fenêtre pour des bêtises. Intrusive, volontiers sarcastique, Eva se révéla aussi dès les premiers jours d'une jalousie sans bornes. Cette jalousie visait les autres femmes mais n'épargnait pas les amitiés ou des occupations qui pouvaient se passer d'elle avec profit. Dès que son humeur s'altérait, ce qui arrivait en quelques secondes, car elle était sujette à des sautes fulgurantes, fondées parfois sur de sournoises ruminations, sa voix montait d'une octave, devenait criarde, perçante, odieuse, et poussait vite jusqu'au hurlement de forcenée. Son vocabulaire d'injures était riche, elle se montrait capable de violences physiques, les scènes publiques, de préférence

ordurières, n'avaient aucun secret pour elle – elle les
pratique, comme la sexualité et d'autres vices, depuis
l'enfance –, mais, bien plus, elle excellait dans l'art
de pousser l'adversaire à la faute. Je jurais parfois
qu'elle cherchait à se faire brutaliser afin de jouer
les martyres et de me reprocher des journées et des
nuits durant mes débordements. Avide de caresses,
d'étreintes ou d'hommages complets qu'il fallait
souvent lui renouveler plusieurs fois par jour, elle ne
répugnait jamais à l'obscénité pour arriver à ses fins,
mêlant des tours de courtisane et des excentricités
de babouin aux effusions les plus naïves. D'un narcissisme asilaire, façonné par des habitudes acquises
depuis l'âge tendre quand elle joua les modèles nus,
les miroirs exerçaient un invraisemblable attrait sur
elle et il ne se passait pas une journée sans qu'elle s'y
perde cent fois. Je l'ai trouvée à plusieurs reprises,
au plus profond de la nuit, plongée dans l'étude de
son reflet dans l'armoire à glace de la chambre, en
train de se brosser les cheveux de manière compul-
sive. Sa vie onirique riche et très violente la condui-
sait à des crises nocturnes et, bien qu'elle connaisse
ma tendance à l'insomnie, elle n'hésitait jamais à
me secouer en plein sommeil pour me raconter des
cauchemars qu'elle confondait avec la réalité, me
reprochant férocement des méfaits imaginaires avant
de se blottir dans mes bras pour que je la protège.
Terrifiée par la pénombre, elle s'acharnait à allumer
la lumière électrique en pleine journée et toute la
nuit. Elle ne montait jamais se coucher sans apporter une bouteille de vin rouge, des cigarettes et un
cendrier plein dans mon lit, s'empressant de salir
tous mes draps anciens brodés avec une maladresse

d'infirme. D'une coquetterie maniaque qui l'a souvent poussée au vol à l'étalage, invraisemblable chiffonnière de vêtements de luxe et de poussiéreuses chaussures de fée à semelle rouge qui s'entassaient dans les coins sombres comme des araignées géantes ou des rois de rats, elle se tachait en permanence, détruisait ses talons de douze centimètres en galopant sur les trottoirs. Peu rangeuse, elle oubliait ses affaires partout et il m'est arrivé de trouver du linge sale sur mes manuscrits ; les premiers mois, je ne l'ai jamais vue tirer la chasse d'eau des W.-C. Distraite et anxieuse, elle se persuadait sans cesse qu'elle avait égaré des objets de valeur, avant de les retrouver en exigeant mon aide et de les reperdre aussi vite dans une autre zone du capharnaüm qu'était devenue ma maison, réclamant mon secours autant de fois qu'il était nécessaire. Pire, cette chapardeuse se croyait toujours dépouillée par des voleurs imaginaires, son fils ou les petites amies de son fils, quand il ne s'agissait pas d'esprits malfaisants. Des superstitions ataviques descendues des Balkans, aiguisées par les névroses familiales, lui faisaient redouter la griffe du Malin jusque dans la disparition de ses affaires de toilette ou d'un parapluie. Elle n'envoyait jamais une photographie d'elle à un fan, par crainte d'éventuelles opérations de magie noire, elle m'a plusieurs fois jeté sous les voitures pour éviter de passer sous une échelle. Ce personnage qui tenait de Dickens, de Faulkner, de Nabokov, de Bram Stoker, de Truman Capote et de John Waters entra dans ma vie en reine, d'un bloc, sans la moindre retenue. Toute remarque de ma part me valant des grincements, des cris et de longues diatribes tendant à démontrer que je n'étais qu'un monstre incapable d'amour ou, je la cite, « une vieille femme hystérique ».

Mon ivrognerie, les dégâts que des années de drogues avaient provoqués sur mon système nerveux, l'habitude d'être seul et de ne supporter la présence de quiconque dans ma maison plus de quelques jours, la discipline morose que l'art d'écrire impose à qui s'y adonne ne pouvaient que s'irriter d'un pareil infantilisme envahissant. À l'époque de notre rencontre, j'avais basculé dans une addiction presque quotidienne à la cocaïne dans quoi j'eus vite fait d'attirer Eva, une vieille briscarde de ce genre de loisir. Eva est la seule personne que j'ai rencontrée qui ait consulté à l'âge de la marelle le célèbre Dr Olivenstein – mauvais médecin et homme méchant, à l'en croire.

Dans mon souvenir, les premiers jours, nous enchaînions les nuits blanches à parler, à priser, à boire, à lire la Bible et à faire l'amour, et les journées commençaient parfois par de terribles disputes. Chacun était conscient des risques encourus et des menaces qu'un tel mode de vie faisait peser sur notre ménage. Pourtant, je ne me souviens pas d'avoir jamais douté de l'avenir. Tout se passait comme si nous avions décidé de commencer par le pire afin d'éprouver la solidité de notre amour. Peut-être aussi ne pouvions-nous pas faire autrement, les pulsions suicidaires d'Eva, son intransigeance hautaine et malveillante à l'égard du sexe masculin, ma propre fuite en avant, ma misogynie et nos deux égoïsmes ne pouvaient être tempérés que par l'absolu de notre engagement. Un peu comme certains pourrissements ou caries qui ne supportent que le fer rouge et les métaux précieux. Pour que l'œuvre alchimique s'accomplisse, il fallait le feu et les larmes.

*

Mon journal du mois de mai ne porte pas trace de ces éclats. Une pudeur nouvelle chez moi qui avais pris le pli depuis des années d'étaler mes travers afin de m'attirer la sympathie des inconnus ou de distraire mes amis. J'oubliais enfin le bel adage que m'a donné plus tard Diane de Beauvau-Craon : « C'est fou le chemin qu'on peut faire dans la vie quand on amuse les gens. »

Au contraire, dans ces pages de rapport imprimées avec une police de machine à écrire, il n'est question que d'amour et de travail. À ce silence je discerne les premiers signes de l'influence d'Eva. À mon entrain pour le scandale elle opposa très vite de la retenue. Ce personnage excentrique ne détestait rien de plus que la publicité de ses excès. Son film, les écrits qu'elle m'avait fait lire ne cédaient jamais au goût de la provocation. Il s'agissait à n'en pas douter d'un effort de sa part, un effort ancien, celui d'une individualité qui s'était dégagée de l'emprise maternelle puis de l'influence de la bande d'amis d'autrefois, de cette fascination pour la décadence propre à la fin des années 1970 dans quoi je reconnaissais, poussés à l'extrême, quelques-uns de mes goûts. Cette sœur revenue pour me hanter et donner à ma vie un nouvel ordre se révélait une fois de plus mon aînée.

Dès les premières heures, en dépit de nos excès, je commençai à l'écouter et à remettre en question des certitudes que dix ans de fuite solitaire avaient sédimentées en absolu. Aucun appel à la tempérance venu d'une femme n'avait pu depuis des années trouver écho en moi, comme beaucoup d'hommes de ma sorte j'estimais que l'art autorise toutes les vilenies. Les leçons de morale ou d'hygiène m'étaient d'autant plus indifférentes ou comiques que cette indifférence me permettait de tenir à distance les tentatives d'intrusion. Ma souveraineté était placée sous la garde de mes défauts. On n'asservit pas un enragé. On peut se l'attacher quelque temps mais il finira toujours par briser ses liens et mordre la main qu'on lui a tendue. Lorsqu'il atteint ces parages il est rare que le voyageur, devenu cannibale, porc et lotophage, repasse dans des eaux tranquilles. Toute Pénélope lui paraît pire que Circé, Charybde ou Scylla.

L'autorité de reine qui m'avait frappé chez Eva dès notre rencontre commençait à m'en imposer. Ma soumission aux vues d'une femme n'allait pas sans résistance. Je commençai vite d'agiter le seul argument qui pouvait remettre mon engagement en question : la menace de la stérilité littéraire. Stérilité due au changement de mode de vie, à l'amour et à l'ironie que montrait Eva pour toute posture artistique prétendant dépasser la morale. La cocaïne, les insomnies passées à côté d'Eva qui ne pouvait supporter que je lise, son ouïe, affinée par les terreurs enfantines, l'éveillant à chaque froissement de pages m'amenaient à des pensées mauvaises. Jusqu'ici mes insomnies m'avaient offert le loisir d'une double vie intellectuelle, les lumières des nuits passées à lire éclairant indirectement les difficultés que je rencontrais dans mon travail du matin. Je reposais mon livre avec le chant des oiseaux. Le dernier sommeil de l'aube, entre l'angélus et neuf heures, puis le silence cistercien du petit déjeuner, la lecture du *Journal littéraire* de Léautaud, mon camarade de célibat, formaient un rituel que je croyais indispensable à mon travail, au même titre que les nuits de fête à Paris dans les premiers bras venus. Tout cela appartenait maintenant au passé.

J'avais un autre sujet d'inquiétude. Eva était venue vers moi dans l'intention de me faire écrire des scénarios, et dès les premières heures passées à s'étourdir, elle n'avait eu de cesse de ramener la conversation à des projets. À peine nous étions-nous réveillés de notre première nuit que nous commencions déjà à travailler. Nos disputes s'arrêtaient aussitôt qu'il s'agissait d'élaborer une histoire ensemble. En me soustrayant à mon travail, en détournant mes facultés d'imagination, Eva touchait à la partie la plus sensible, au nerf central de ma constitution. *Le nerf de la guerre, l'insigne des amours*, puisque tous mes revenus et mes succès me venaient de la littérature et qu'une cavalerie permanente de dettes en à-valoir ne m'autorisait aucune faiblesse. Jamais nulle maîtresse n'était allée me fouiller si loin, j'avais depuis dix ans et même avant pris soin de m'entourer de femmes qui s'intéressaient davantage à la réalité matérielle qu'à l'imaginaire. Maintenant, c'était la machinerie centrale, à la fois *pompe à phynance* et sanctuaire qu'Eva forçait et négligeait parfois de refermer suivant son désordre habituel. Je n'aurais pas supporté cette flibuste une seconde si je n'avais décelé chez l'intruse une fulgurance de vues, une sensibilité si subtile et si proche de la mienne que j'étais à la fois fasciné et désorienté.

Ma tendance à l'inversion d'humeur jouait à d'autres moments en faveur de ma nouvelle vie. Après une mauvaise nuit passée à me demander si j'avais tout à perdre, mon penchant à l'insouciance reprenait le dessus. Je me sentais euphorique comme quelqu'un qui va partir en voyage.

Le 26 mai, moins d'un mois après notre rencontre, une note témoigne de cet état moral :

> L'empire des habitudes est aussi fragile que les autres empires. On le croit éternel, mais non. Quand je repense au regard d'Eva, le soir de la première nuit, je dirais même qu'il s'effondre en quelques minutes. Ma plus grande qualité est ma bonne disposition à l'égard du destin. Qui m'appelle, me prend, c'est l'affaire d'un instant. Je sais aujourd'hui que je peux tout abandonner pour un être, même (un moment) la littérature. C'est la plus grande liberté, celle de Juliette :
> Qui m'appelle ? Me voici
> Quelle est votre volonté ?

En recopiant ce morceau, j'ai failli biffer la parenthèse. Au vu de ce qui a suivi, elle me paraît un point de corruption, une tache, un défaut sur la pierre dure de notre amour. Je décide pourtant de la maintenir, car elle marque une étape de la progression du sentiment amoureux qui ne se fait pas sans contradictions. Dans ma peur de l'avenir, le vertige de l'abandon s'adoucissait (se corrompait) de l'espoir d'un changement. L'incise marque une prudence ignorée de Roméo et Juliette, je pensais à l'époque avoir peut-être à gagner à me laisser emballer, *un moment*. Ce qui était une manière de douter de mon amour, en lui prêtant une fin qui le dépassât, lui retirant du même mouvement sa valeur d'absolu. Ce faisant, je crois aujourd'hui que je travaillais pour lui. On sait que les révolutions se font souvent par ennui, mais le cynisme, le doute y ont aussi leur part, on pousse l'audace parce qu'on ne croit pas qu'elle peut réussir. Certaines entreprises hasardeuses gagnent en témérité des prudents faux calculs de ceux qui les initient. Comprenant que la crainte de la stérilité avait ses limites, la joie de vivre l'emportant sur le désir de maîtrise et l'ambition, le mauvais esprit, jamais à court de ruses destinées à restaurer le sujet dans son empire illusoire et à saper la communion des âmes, me suggérait que j'avais tout à gagner à profiter de ce regain d'espérance, suggérant par là même la possibilité que cette espérance soit illusoire et l'abandon temporaire, un investissement en vue d'un profit futur.

*

Mercredi 30 mai. – Hier matin, un ciel bleu lavé par la pluie éclairait les tomettes rouges de l'entrée. En avant-plan se tenait Eva, le haut du visage masqué par ses grosses lunettes noires. En dépit du soleil, elle avait allumé les lampes de la salle à cause de cette perpétuelle obscurité dont elle ne cesse de se plaindre. Elle ressemblait à un tableau de John Currin. Je regardais le sol rouge teinté de bleu, une masse animée comme la surface de la mer, difficile à rendre en photo ou en peinture, sauf par Bonnard. Deux idées me sont venues : la première était que la pertinence de l'art se tient à rendre compte de réalités non pas nouvelles mais inexprimées jusque-là. Les Italiens de la Renaissance ou même les Espagnols n'auraient pas pu peindre ce sol, ils n'en avaient pas trouvé la clef. Ils savaient les tapis, les marbres, la perspective, mais ils n'auraient pas su un tel rouge baigné de bleu au point d'en devenir violet par endroits. Bonnard le premier a réussi. La seconde idée m'est venue en regardant Eva à qui je faisais part de la réflexion précédente, et qu'elle écoutait, hiératique, d'une raideur presque anormale de modèle tenant la pose, buste bien droit, seins de fille de calendrier posés sur un corps d'enfant qui jaillissaient entre les boutonnages du chemisier, bouche de petite fille retravaillée par un discret tatouage, bouche impassible et très légèrement souriante, j'ai pensé que la réalité seule arrivait à mêler deux dimensions qui appartenaient à deux registres artistiques si différents qu'ils en étaient antagonistes : ce sol à la Bonnard et cette hiératique demi-enfant fétichisée par les regards successifs qui s'étaient appuyés sur elle. Puis Eva a parlé, sans que le hiératisme soit modifié car elle avait sa petite voix de nymphe. Je lui ai fait remarquer qu'elle usait de deux voix différentes, elle m'a répondu : «Non j'en ai trois.» Je ne crois pas avoir encore entendu la troisième.

Ainsi s'achève mon journal. Avant de le donner à l'éditeur, qui, avec mon accord, l'a gardé dans ses tiroirs, j'avais supprimé par superstition la dernière phrase, une notation datée du 31 mai :

Hier, j'ai demandé sa main à Eva.

Ce portrait sur fond de paysage du matin, qui clôt un mois décisif, orne donc l'antichambre de l'autre monde. Il prend plusieurs sens à mes yeux un an après. D'abord, évidemment, une nouvelle mise à distance plus subtile que l'émerveillement fétichiste des premières heures. L'Eva du 30 mai, celle que je vais demander en mariage, est désormais accrochée dans le cabinet de Barbe-Bleue, la Barbe-Bleue d'Anatole France plutôt que de Perrault. Dans l'allusion à John Currin, je retrouve le thème de la petite fille, du modèle et de la nymphe qu'une mise en abîme esthétique introduit dans un univers qui n'est pas le sien. L'inclusion et le rejet se marient avec délicatesse. Si j'attribue à Eva deux voix différentes – j'en dénombre aujourd'hui bien davantage –, je discerne, à me relire, très clairement mes deux profils de personnalité. L'émotion, la compassion, à moins qu'il ne s'agisse d'une forme corrompue de cruauté, percent sous la notation des lumières allumées en plein jour. Eva se plaignait à l'époque de troubles de la vision. Elle n'arrivait pas à lire sans une loupe et une lampe même sous le soleil de midi. Je craignais un mal d'origine neurologique, avant de constater qu'il s'agit d'un des multiples symptômes que sa nervosité inquiète utilise pour s'exprimer, se faire plaindre et capter l'attention. L'attention que je lui porte est ici amoureuse. En revanche, l'agile digression esthétique sur le dallage rouge et la seconde partie du portrait opèrent une très consciente mise à distance. Eva est renvoyée à sa nature d'image, comme si la femme réelle était si effrayante qu'il fallait user des subterfuges de l'art et de la dialectique, ce collage d'une poupée de John Currin sur un tapis de lumière à la Bonnard, pour l'exiler dans la dimension d'où notre rencontre l'avait sortie. Le jaillissement, l'effusion du 5 mai sont indiscernables vingt-cinq jours plus tard, ce qui ne veut pas dire que le travail amoureux avait cessé, mais que je lui résistais tout en lui cédant. Je glissais de la chose vécue à la chose écrite, au risque de paraître affabuler, et de réveiller les soupçons d'Eva, qui me reprocha pendant une crise de rage : « Tu ne m'aimes pas, tu n'as jamais aimé personne, tu m'as épousée pour écrire un livre d'amour. »

Que s'était-il donc passé ?

L'année 2013 fut froide jusqu'en avril, je me revois à la fin mars, juste avant notre rencontre, pataugeant dans des congères de neige. Avec mai était arrivée une douceur printanière et, même si les feuilles des arbres étaient encore bien pâles, le renouveau s'annonçait par les odeurs et les chants d'oiseaux. Ma maison se trouve au milieu des bois, non loin de la lisière de la forêt de Retz, sur le site d'une abbaye cistercienne fondée par Saint Louis. Des fenêtres de la salle où j'écris j'aperçois les ruines de l'église abbatiale aussi haute et appareillée qu'une cathédrale. La Révolution a laissé ouvert, vide, dépourvu de ses vitres en grisaille, l'œil de Dieu, formidable hublot par où je contemple le ciel du nord-est et les vols de corbeaux. La propriété, vendue en carrière par la Bande Noire, a été récupérée durant la Restauration par les Montesquiou-Fezensac. Le comte Robert, le modèle de Charlus, y a séjourné ainsi qu'Anna de Noailles. Leur lointain petit-cousin, le comte Anne-Pierre, l'habite encore, grande silhouette voûtée et légèrement ventrue, vêtu comme un vieux paysan, parcourant son apanage, sa «carrière de pierres chrétiennes», accompagné d'un chien bâtard. Au crépuscule, quand je vais chercher du vin à l'auberge, j'ai parfois l'impression de marcher dans la pellicule argentique d'un film d'avant la guerre.

Ma maison, qui est l'ancien logis du régisseur, se compose de quelques pièces meublées de vieilleries, avec un penchant pour l'accumulation, la collection maniaque de livres et d'objets rouillés et le mobilier de rencontre. L'art y est présent, les araignées aussi. J'ai le mauvais goût romantique des intérieurs chargés, la solitude a accentué chez moi la passion d'accumuler qui pourrait passer pour un travers si elle n'était corrigée par un certain talent d'étalagiste, un sens des perspectives et des découvertes qui me rapproche des peintres et des photographes. Un tel décor ne pouvait qu'accueillir Eva Ionesco avec la joie silencieuse des objets qui ont trouvé leur rôle d'accessoires et de parures. En la rapportant ici et en l'enfermant dans mon sanctuaire, mon fétichisme s'enflamma, j'avais le sentiment joyeux d'avoir parachevé mon lent travail. J'étais comme cette folle chiffonnière dont je possède une photo, reine de Bicêtre ou de Charenton, qui broda des années durant de vieux bouts de chiffon qu'elle enterrait aux quatre coins de l'asile, jusqu'à ce qu'un beau jour, qui dut être farouchement beau pour elle, elle les déterre, les couse ensemble, composant une cape nantie d'une traîne de plusieurs mètres aux motifs géométriques parfaitement ordonnés. Elle se mit alors une couronne en papier mâché sur la tête, s'assit sur une chaise et décida qu'elle était la souveraine du village, le village des fous, un village plus grand que celui moqué par Pascal. Plus moyen de la faire bouger, elle passa le reste de ses jours à trôner en catatonie ou en extase, suivant les avis.

J'aurais pu me contenter des heures durant de contempler ma nouvelle acquisition, cette pièce unique, rare, une poupée de chair, la plus célèbre idole, après Lolita, d'un vice que l'Antiquité a chanté et que les mœurs contemporaines dénoncent. J'aurais pu rester en extase devant cet étrange objet d'art assez cabossé, usé et shabby, repensant à toutes les images que j'avais vues d'elle si Eva s'était montrée plus calme, somnolente ou empaillée. J'aurais brossé ses cheveux, je l'aurais dépoussiérée, protégée des mites et j'aurais pu continuer à travailler tranquillement en allant la visiter de temps en temps. Je lui aurais même acheté une vitrine, une de ces anciennes vitrines du musée de l'Homme où reposaient naguère, avant une stupide rénovation, les momies péruviennes, les sque-lettes de nains et de géants et le moulage en cire de la Vénus Hottentote. J'imaginais cette vitrine posée dans mon bureau ou dans la pénombre de l'entrée, ou mieux dans ma chambre au premier étage, en face des photographies de Sharon Tate et de Jayne Mansfield, non loin de la porte vitrée d'un petit balcon de bois qui ouvre sur la forêt. Une lampe aurait mis en valeur les beaux cheveux blonds, et les yeux gris-vert repro-duits par des billes d'agate, des *calots*, comme on disait dans la cour de mon collège. J'aurais graissé la peau pour qu'elle reste souple, et j'aurais choisi dans son invraisemblable garde-robe un châle du dix-neu-vième siècle, noir, frangé de langues de plumes, une robe de soie sèche et tachée couleur toile d'araignée et des chaussures infiniment hautes. Bien sûr, j'aurais voulu posséder à côté, dans une vitrine appariée, un moulage de cire d'Eva enfant, nue, portant les bijoux de Sarah Bernhardt comme sur des photos prises à

Prague au milieu des années 1970, mais, en modeste pucier, je sais mesurer mon plaisir à mes trouvailles.

Les difficultés que rencontrent les collectionneurs de monstres tiennent pour beaucoup à l'énergie vitale des objets vers quoi leur convoitise les a dirigés. Mais ces difficultés sont bien compensées par des joies inattendues, les extraordinaires fantaisies dont les êtres vivants sont capables. Je n'ai jamais su faire la part entre l'amour et la joie d'observer l'autre. La présence d'Eva dans mon cabinet de curiosités fut dès le premier jour un perpétuel émerveillement, en dépit d'une grande fatigue et des devoirs qu'elle m'imposait. Ses étrangetés me réjouissaient.

J'ai parlé plus haut de ses mauvais côtés, mais elle en offre aussi de charmants. Ainsi Eva a-t-elle l'habitude, lorsqu'elle se réveille, en général de bon matin, vers sept ou huit heures, de s'habiller comme pour une soirée avec d'énormes lunettes de soleil et des talons aiguilles et d'exécuter une petite chorégraphie érotique, enfantine et biscornue avant d'aller admirer sa poitrine ou sa croupe nue dans le premier miroir à sa portée. Ces shows improvisés en préambule d'un solide petit déjeuner d'œufs à la coque et de café crème très sucré peuvent intervenir à d'autres moments de la journée, en particulier pour couper court à une conversation qui l'ennuie. Sa voix change alors de timbre, prenant une coloration faussement mièvre et pointue. La chorégraphie et cette petite voix irritante m'ont tout de suite fait penser à un de mes films préférés, un des rares que je visionnais encore de temps en temps à l'époque de notre rencontre : *Evil Dead 2* (en français *La Nuit des démons 2*), en particulier à la scène pendant laquelle une jeune morte possédée par les diables sort de sa sépulture et danse sous la lune, sans prendre garde à ce que sa tête se détache et valse dans son dos.

On se souvient que j'avais pour habitude de dîner parfois seul aux bougies en me parlant à moi-même, cette facétie d'Eva – un exemple parmi d'autres – répondait aux miennes avec un sens aigu de l'improvisation à l'italienne. Dès les premières heures, isolés dans la maison de l'ogre au milieu de la forêt, nous avons commencé à jouer ensemble, à danser, à improviser des scènes de comédies musicales et du jeu nous sommes passés naturellement au travail. Eva poursuivait ainsi les buts qui l'occupaient depuis la première fois qu'elle m'adressa la parole. En théâtralisant la vie, elle m'attirait vers le cinéma. Je n'étais pas sans m'apercevoir qu'elle m'entraînait doucement sur son terrain, mais le jeu était si plaisant et j'étais si las de mes parties de solitaire que je me laissais faire avec facilité.

Le scénario qu'Eva m'avait fait lire n'ayant pas encore trouvé de producteur, elle s'acharnait sur plusieurs autres projets. Lors du premier dîner, en plus de son sujet autour du Palace, elle m'avait parlé d'une adaptation du roman de la comtesse de Ségur *Les Petites Filles modèles*, j'avais saisi la balle au bond, imaginant aussitôt ce que nos deux noms accolés aux aventures de Camille et Madeleine et aux *Malheurs de Sophie*, cette autre Justine, cette autre Eva, pourraient gagner en publicité. Lorsque j'étais un tout petit garçon portant culotte courte, chaussures anglaises et barrette dans les cheveux, peu avant la naissance d'Eva, ma mère m'avait trouvé dans une boîte de bouquiniste des quais une édition ancienne des *Petites*

Filles modèles. Je possède toujours ce volume de la Bibliothèque Rose illustré par Bertall, recouvert de ce vieux rose usé, poussiéreux, orné d'un cartouche modern style dont la dorure s'est lassée de briller. C'est le premier livre que j'ai lu, et mon enchantement n'a jamais cessé. Un peu plus tard, vers six ans, un de mes parents, étonnant abbé vêtu comme au dix-neuvième siècle, préfet des études au collège de Juilly, grand spécialiste du jansénisme et des robes de poupées anciennes, d'un snobisme que les sacristies et la prière n'avaient pas entamé, a confié à l'enfant que j'étais avoir connu autrefois dans le monde le modèle original de Madeleine, une des inspiratrices du roman – une vieille dame très ennuyeuse. Je racontai cette anecdote à Eva – car, dès les premières heures, nous avions commencé cette fabuleuse occupation des nouveaux amants : nous narrer les récits tirés de nos vies passées. Tant qu'ils servaient à nos jeux, ils amusaient ma partenaire, tout aussi curieuse de moi que je l'étais d'elle. J'étais sensible à cet agrément d'artiste qui faisait s'intéresser un personnage aussi hautement romanesque qu'Eva Ionesco à mes souvenirs d'enfant sage.

L'après-midi, lorsqu'il faisait beau, j'emmenais Eva marcher, parcourir les longues promenades qui ont diverti ma solitude pendant plusieurs années. La forêt et les plateaux environnants n'ont aucun secret pour moi. Nous marchions sur des routes forestières pavées comme à l'époque de la comtesse de Ségur ou d'Alexandre Dumas, montions des collines boisées jusqu'à tel ou tel grand arbre perdu dans les broussailles qui m'attendait avec cette indifférence fidèle que j'ai longtemps préférée à la plupart des affections. Nerveuse et bavarde, Eva a pour habitude de parler en marchant, je n'avais connu que le silence du promeneur solitaire, une réserve qui m'avait permis de croiser souvent le chemin des bêtes sauvages. Pour varier notre conversation, tout entière tournée vers le château de Fleurville, les belles poupées et les jeux des demoiselles d'autrefois, je montrais à Eva les empreintes des sangliers, les fumées des cerfs, les coulées des blaireaux dont le ventre traîne par terre et qui crachent comme des chats quand on les prend au piège, mais Eva revenait à ses préoccupations, *Les Petites Filles modèles*, la chambre des jouets, l'arbre creux, Paul se roulant dans les épines, avec un sérieux d'enfant qui joue ou d'autodidacte qui ne connaît de salut que dans un constant travail. Sous sa gouverne, car elle ne me lâchait pas d'une semelle, me rappelant sans cesse à ses poupées, j'avais relu le petit livre rose rangé depuis si longtemps. Eva me montra un texte écrit par elle, une note d'intention dans laquelle elle citait une belle réponse de Sophie à Paul, qui me fit monter les larmes aux yeux, une forme ordinaire de mon émotivité, m'indiquant mieux qu'une expertise ou un commentaire la qualité d'une œuvre, sa charge.

PAUL

Comment, Sophie, tu m'avais oublié ?

SOPHIE

Oublié, non, mais tu dormais dans mon cœur et je n'osais pas te réveiller. Je t'avais cru mort, et puis j'ai été si malheureuse que je suis devenue égoïste et je n'ai pensé qu'à moi ; j'ai perdu l'habitude de penser au passé et à ceux qui m'avaient aimée.

Je repensais au passé, à ceux qui m'avaient aimé et que j'ai parfois injustement traités, à ma sœur imaginaire, la petite Marina, qui aurait pu être aussi bien ma cousine, comme Sophie l'est pour Paul, et dans l'atmosphère féerique de cette forêt du Valois je ressentais de nouveau et peut-être encore plus vivement le sortilège qui m'avait frappé le premier soir, sur le balcon, alors que la nuit tombait et qu'Eva fumait une cigarette. Nos retrouvailles, car c'était à n'en pas douter des retrouvailles au sens romanesque, avaient été si longues à venir, près de trente-cinq ans, que nous nous attristions mutuellement à l'idée du peu de temps qui nous restait à vivre ensemble. Je marchais dans un rêve, le monde extérieur me semblait sorti d'une gravure illustrant le premier livre que j'avais aimé, et cette fillette sortie de la nuit, que j'avais connue si farouche quand elle était enfant et qui se montrait maintenant bonne fille me paraissait une de ces créatures de songe, ami fâché, personnage hautain ou hostile que le sommeil rend bienveillant. Je pensais aussi à Proust, au *Temps retrouvé*, aux promenades avec Gilberte, l'ancienne petite fille, et Marcel pendant la guerre de 1914, quand Gilberte avoue à Marcel qu'il lui plaisait jadis alors qu'il l'avait crue indifférente ou moqueuse.

Une de mes promenades favorites nous emmenait à travers le bois des Prêtres, ancien champ de bataille de la contre-offensive française de 1918 dans une vallée obscure, puis, après une pénible ascension dans les broussailles, jusqu'au bois dit « du Mausolée », jusqu'à un tombeau vide qui donne à cette solitude, où j'ai souvent croisé des fauves et rarement âme qui vive, l'allure d'un coin oublié du Père-Lachaise. Eva, qui a horreur de la mort, m'a depuis détourné de cet endroit. Au début d'un amour on fait des choses qu'on ne refera plus, qui sont des prolongements de l'ancienne vie. Ces premières promenades ont marqué d'autant plus clairement ma mémoire qu'elles n'ont pas été effacées par le retour de nos pas. Non loin du tombeau vide s'étire une friche avec de hautes herbes qui fait penser à la savane. Pendant les années que je marchais seul, j'aimais m'y étendre pour y dormir au soleil, même en plein hiver. Je racontais tout cela à Eva dans l'effusion des premières heures, et en échange elle commençait à me parler de sa vie passée. Ces confidences s'arrêtaient parce qu'elles nous détournaient de notre travail commun. Nous retournions à Sophie, à l'âne Bourri, au bon Paul, à son esprit de sacrifice qui le pousse à s'égratigner le visage dans les ronces pour sauver sa cousine d'une punition. Puis, soudain, ses cheveux blonds touchés par le soleil qui passait entre les arbres et dont la lumière rasante commençait d'éclairer les collines alentour, Eva se laissait de nouveau aller à un souvenir. J'ai noté dans mon journal à la date du 6 mai un des premiers épisodes qu'elle m'ait racontés. Eva racontait brièvement, elle avait peu l'habitude de parler d'elle. Les aventures extraordinaires et parfois scandaleuses de son enfance revenaient abruptement, teintées de ce mystère qui baigne les premiers âges de la vie. Les détails, en revanche, étaient extrêmement précis.

Le téléphone sonnait souvent. Nos amis, même ceux qui avaient œuvré pour nous rapprocher, s'inquiétaient de notre disparition, car nous n'allions plus beaucoup à Paris. Au vu de nos excès passés, enclins à la jalousie involontaire et justifiée que nourrissent les amis pour les amants, ils imaginaient les pires choses, des tunnels de drogues, des disputes, un accident.

S'ils avaient pu nous voir couchés dans les herbes nous racontant des aventures tristes ou drôles, parfois les deux, comme Sophie de Réan et son cousin Paul dans un roman de la Bibliothèque Rose, ils auraient été surpris. Mais nous répondions plus rarement à ces appels.

*

Un voyage d'une semaine dans le midi de la France nous précipita, au sens chimique, dans une intimité si profonde que je n'arrivais plus à discerner la part de moi-même qui entrait dans ce sang partagé. Au fond je ne souhaitais plus, j'aurais même eu horreur de préserver une part d'individualité que je défendais avec force à peine un mois plus tôt. Je sentais renaître avec une douceur mêlée d'effroi un vertige que j'ai connu très jeune : l'aliénation à un autre. Il y a une part de foi dans l'amour qui se prononce de manière délibérée en soi comme un vœu. Il reste secret mais aussitôt énoncé il prend une valeur d'absolu. Il ne s'agit pas de dire «je t'aime» mais d'accepter au fond de soi d'aimer l'autre, c'est-à-dire de ne plus différencier le sort de l'autre du sien propre. Passé un certain âge, ce saut devient plus difficile, sauf quand le passé est engagé tout entier, dans toute son épaisseur, couche après couche, lecture après lecture, rencontre après rencontre dans le choix présent, le justifiant sans doute possible. C'est le garçon que j'avais été avant de devenir celui que j'étais devenu qui s'engageait de la manière la plus chevaleresque auprès de celle, l'éternelle, dont j'avais vu le premier avatar là-bas dans l'hôtellerie du couvent, ou peut-être avant, dans ma lointaine enfance. J'en étais certain, ma foi était pure.

Cette foi en l'amour n'était pas morte pendant toutes les années intermédiaires mais elle s'était déplacée dans le domaine de l'art. Je croyais en la littérature, je lui avais juré fidélité et l'élue de ce vœu, cette part communiste de moi qui tendait au sublime en général souffrait de se voir préférer une seule femme, fut-elle aussi poétique et romanesque qu'Eva.

La seule issue que j'ai trouvée à ce dilemme était de prendre l'objet de mon amour, Eva, et d'en faire un livre, *Eva*.

Je compte au moins dix vies différentes. Eva, bien davantage.

Dès la fin du premier mois de notre liaison, j'ai donc médité d'écrire un livre qui aurait pour titre : *Eva*. Non pas une biographie, je l'ai dit, je suis un mauvais journaliste, mais plutôt une *vie*, au sens où l'entendait l'Antiquité. Le destin sans pareil d'Eva Ionesco, les liens solides, serrés et longtemps invisibles qui l'unissaient au mien redoublaient l'élan premier qui m'avait fait écrire mon *Anthologie des apparitions*. Le sujet serait le même : les petites filles perdues, mais l'abord rapproché et complété par ce que je savais de la suite, des retrouvailles possibles, du long parcours que mon héroïne de roman avait accompli pour me retrouver. Les difficultés qu'un tel projet allait soulever ne m'échappaient pas, mais elles ne faisaient qu'exciter mon envie d'écrire. Prendre Eva pour sujet d'*Eva* risquait de nous fâcher l'un contre l'autre. Eva considérait les épisodes de sa vie ainsi qu'un fond propre, lui appartenant dont elle détenait l'usage, au même titre qu'elle avait récupéré par voie judiciaire le droit moral des photos qui la représentaient. Comme tous les gens au passé tumultueux, elle ne voulait pas qu'un autre tire parti de ses souvenirs.

En dehors de l'aspect artistique et financier, la position de modèle renvoyait Eva à un trouble. Un autre livre qui lui est consacré porte déjà le nom d'*Eva* : *Éloge de ma fille*, il est signé d'Irina Ionesco. Dès les premiers moments, j'ai présumé que la rupture entre mère et fille qui m'avait paru trop franche dans le film d'Eva avait dans la réalité pris la forme d'un déchirement bien plus long et douloureux. Une sorte de supplice chinois étalé sur l'âge adulte, qui tenait à la nature perverse d'une relation suturée sur un tissu complexe et ordinaire de récriminations, d'affections, d'imitation et de rivalités. On se détache difficilement d'un bourreau, mal d'une mère.

Il existait un rapport entre les liens qui unissaient Eva à Irina et ce qui me rapprochait d'Eva. Mon fétichisme n'était pas le contraire des vues de la photographe et l'attitude agressive qu'Eva me manifestait à certains moments, les images qu'elle employait pour me définir, les injures qu'elle m'adressait, me faisaient croire qu'existait une confusion possible dans son esprit entre ses deux bourreaux ou ses deux victimes, suivant le point de vue que j'adoptais. Chaque fois qu'elle se montrait trop critique à mon égard ou m'accablait de reproches, je lui disais pour rire : « Pauvre Irina ! Comme elle a dû souffrir. »

Cette position maternelle à quoi Eva me réduisait parfois s'apparentait à une figure banale de la psychologie freudienne : l'hystérie ; mais prenait, à cause du contexte historique, ce *roman noir* qu'était la vie d'Eva, un relief particulier, des valeurs tactiles, comme dans ces vieilles imaginations, ces mythologies où les idées prennent des formes vivantes. Je compris vite que chez les Ionesco on ne cherchait pas à guérir ou à entretenir des complexes, on se crevait les yeux.

Avant de prendre le risque d'écrire sur elle, il fallait que je m'interroge sur les raisons qui m'amenaient à sonder Eva sur ses vieux liens, forçant ses réticences à en parler. Dès les premiers jours, excité par un penchant que les toxicomanes ont pour le jeu de la vérité, je la questionnai longuement sur le cérémonial qui ordonnait les séances de portraits nus et sur ce qui s'était réellement passé physiquement entre elle et sa mère. Le caractère abrupt d'Eva, son goût refréné pour le scandale, goût que sa mère avait encouragé et contre quoi elle lutte tout en lui cédant avec témérité dès qu'on l'amène sur ce terrain, opposaient à mes questions brutales des réponses brutales ou m'élevait des barrières, suscitant dès le lendemain reproches ou sarcasmes. Eva m'accusait d'être attiré par les abus qu'elle avait subis, poussant l'attaque jusqu'à me soupçonner de m'intéresser à sa mère plus qu'à elle. J'aurais poursuivi une machination destinée à justifier la corruptrice en accablant la victime. Du ton ordurier de fille de bordel qui lui remonte aux lèvres à certains moments de tension, elle me disait : « Pauvre connard, à qui vas-tu faire croire que c'est moi qui ai forcé ma mère à m'écarter la chatte ? » Selon les jours j'opposais à sa rage mes colères impuissantes de drogué ou une patience d'exorciste, tout en essayant de déceler en moi les indices qui pouvaient lui donner raison. La compassion qui se détache du respect au prétexte d'investiguer plus loin participe d'une forme de complaisance ou de cruauté.

Ce passage était inévitable et je m'étais mis en tête

qu'en le forçant j'arriverais vite sur un autre terrain pour moi comme pour elle, car j'avais une confiance étonnante dans mes intentions et dans l'amour que je lui portais. Mon idée naïve – mais elle a résisté au temps – était de réparer un peu plus qu'elle ne l'avait fait elle-même dans son film les dommages subis en étudiant dans toute sa fantaisie la relation qu'elle entretient avec sa propre image dans le miroir ou les images qui la représentent. Eva versus *Eva.* Pour user des termes de la psychologie : le fascinant narcissisme d'Eva, celui d'une créature de fiction, d'un golem d'Achim von Arnim, d'un objet cultuel, d'une prostituée ou d'un travesti, marqué par cet aplomb qui m'avait frappé au début, narcissisme qui avait résisté à toutes les avanies, ou plutôt en avait profité, m'intéressait davantage que les souffrances dont elle faisait état. Ce narcissisme me fascinait d'autant plus qu'il se doublait d'une estime de soi peu ordinaire. L'imposant effort de volonté qui l'avait poussée dix ans durant à s'acharner sur le montage artistique et financier de son film et la réussite incontestable, formelle mais aussi morale et matérielle qui en avait résulté – et je sais à quel point une œuvre réussie et célébrée peut fortifier un être dans son essence, en bien comme en mal – lui donnaient une complexion raffinée qui mérite d'être fouillée et rendue. Il y a en Eva de la victime et de l'esthète. Le ressentiment le dispute à la moralité. En cela je jugeais que j'aimais l'être vivant, la femme présente, puisque c'était le résultat qui m'importait davantage que les peines qu'il avait coûtées. La littérature, telle que je l'avais pratiquée jusqu'alors, m'offrait des outils assez incisifs, des lames assez fines pour détacher ce qui procédait en elle de l'ordinaire, du naturel, et les parties touchées par cet étrange mal, ce gauchissement subtil, stérile, puéril et superbe qu'un des psychiatres d'Eva a rangé sous le terme de «perversion polymorphe» mais que je placerais plutôt du côté du don artistique ou même, dans son cas, à la manière des anciens, d'un pouvoir, d'une dot plus étrange, une facilité hors nature d'inspirer l'art.

*

Nous commençâmes des tractations que nous ne trouvions ni l'un ni l'autre indignes de nous. Je laissai voir à Eva que l'argent d'un contrat littéraire permettrait de financer une opération de chirurgie esthétique qui la tentait depuis longtemps. Je l'encourageai dans cette voie, non, comme elle allait me le reprocher parfois, dans le but d'écrire *Eva*, mais parce que je ne pouvais qu'appuyer le désir qu'Eva avait de se régénérer ; ce souci constant, soutenu et accompli faisait partie d'une personnalité élaborée très jeune. Eva Ionesco, qui fut une artiste contemporaine de l'âge de six ans à l'âge de douze ans, sait, avec une sûreté de vue et de main que je lui envie, mener sa vie comme une performance ou un roman. Trois mois après notre rencontre, le contrat d'*Eva* fut signé et je commençai mon enquête.

Le premier obstacle à mes recherches tenait à l'âge précoce d'Eva lorsqu'elle a débuté sa première carrière de modèle. Ses souvenirs sont vivants mais détachés du temps, du calendrier ordinaire. Eva a rompu avec l'autre témoin, la «partie adverse», comme disent les avocats – mots qu'elle emploie quand elle est de bonne humeur pour désigner sa mère –, je devais donc me contenter de ces fragments, formidables mais aussi décousus que les premières pages du *Satiricon*.

La période des portraits érotiques cessa vite d'être une priorité. J'estimais que le temps jouait pour moi et que j'en apprendrais davantage en laissant les souvenirs revenir doucement. *Une jeunesse dorée*, le projet de scénario sur le Palace qu'Eva voulait récrire avec moi, me facilitait l'accès à des épisodes moins anciens et moins sensibles. Ceux-là étaient intéressants à plusieurs titres et d'abord, à mes yeux, en raison de la rupture alors intervenue entre la mère et la fille. C'est à ce moment que la très jeune femme que j'avais affrontée dans la voiture s'était vue confiée à la DDASS, avant d'obtenir une majorité anticipée, bien plus tard, à l'âge de seize ans.

La rupture qui sauva la vie à Eva – je suis sûr que, faute de se séparer de sa mère, elle serait morte –, ce jeu de forces compliqué dans quoi les amours, les amis, la drogue, la police, la justice et la loi jouèrent un rôle de levier propre à forcer les vieilles sutures du sang et du vice m'intéressait au premier chef. C'était une période de troubles sur laquelle la part biographique de mon livre pouvait s'exercer avec le plus de profit. Je connaissais beaucoup de ses amis de l'époque, j'avais fréquenté les mêmes endroits, et je présumai que la réponse aux questions que je m'étais posées en regardant *My Little Princess* se cachait quelque part par là.

Je procédai suivant mon système ordinaire lorsque je travaille sur un portrait, me limitant à un moment précis, éludé dans le film et aussi dans le second scénario – la rupture avec Irina qui eut lieu vers 1979 –, je m'attachai à un détail, un événement révélateur de conflit vers quoi mon instinct me guida. Comme pour Jayne Mansfield, ce fut une histoire de cheveux, ou de perruques, qui retint tout de suite mon attention. J'avais admiré dans *My Little Princess* les magnifiques postiches créés par le coiffeur du film, postiches qui prenaient davantage d'importance à mesure que l'intrigue progressait. J'avais été frappé par les scènes finales où, telle Marie-Antoinette à la Conciergerie, la petite Violetta, jouée par Anamaria Vartolomei, placée ou plutôt réfugiée à la DDASS, arborait une coiffure « à la victime », c'est-à-dire une perruque courte, signifiant le sacrifice de sa longue chevelure d'enfant star. Eva montrait en un seul raccourci l'ampleur du bouleversement moral de l'héroïne. Je découvris très vite que ce geste avait eu son pendant dans la vie réelle. Restait à savoir quand exactement.

Depuis des années, avec ce soin qu'elle apporte à préparer ses scénarios, Eva avait réuni une importante documentation sur une période qui s'étendait en gros de 1977 à 1983. Mais, même cette autre vie, commencée à douze ans dans les brumes de l'alcool, des médicaments et de l'héroïne, manquait d'ordre.

En juin de l'année dernière, nous avons rapporté une partie de ses effets personnels à la campagne. Eva m'a confié une vieille boîte à biscuits métallique de couleur bleue, Galettes de Pleyben, avec l'image de deux Bigoudens assis sur des tonneaux jouant du biniou devant un clocher de pierre. L'objet contient des liasses de papiers et d'images, des souvenirs de l'époque héroïque trimbalés de dortoir d'orphelinat en chambre d'hôtel. En classant ces trésors parmi les lettres de Charles, l'homme à la DS, le premier amour d'Eva, et les chromos de stars 1950 découpés, je tombai sur des écrits personnels, des poèmes, ainsi que deux cartes postales non envoyées. L'une représente au recto les Twin Towers. Au verso, le texte écrit à l'encre verte d'une écriture déjà très formée (meilleure qu'aujourd'hui) est le suivant :

> cher chéchéto,
> je suis à NYC la tête raser remplie de traces de rasoir
> je me suis fait piquer
> pour stupéfiant et me
> voilà derrière les bareaux
> pour trois jours. Je
> suis en compagnie de
> Babette, Edwige, et yves adrien,
> ils t'embrassent tous
> et moi je t'envoie

un gros baiser multicolors
illuminés de pensées
fluo et de senteurs kichs
eva
qui reviens bientôt

J'étais en présence d'un élément matériel attestant un vieux souvenir, un des premiers qu'Eva me raconta un jour, après que nous avions évoqué un roman français contemporain contant mes mésaventures liées à la drogue. Eva m'avait affirmé que lors d'un de ses voyages à New York les policemen de la brigade des stupéfiants l'avaient plaquée au sol, revolver au poing, comme dans les films, mais ce souvenir était un débris parmi d'autres sans trop de lien avec la chronologie, sinon qu'elle avait douze ou treize ans au moment des faits.

Je reconnus les noms de Babette (Elisabeth Hullin) et d'Yves Adrien, deux noctambules d'autrefois, et bien sûr celui d'Edwige Gruss, éphémère reine des punks, dont la beauté peroxydée fascinait l'époque. Quand j'interrogeai Eva sur l'identité du destinataire, ce Chéchéto à qui elle envoyait de « gros baisers », elle me répondit après une brève hésitation qu'il s'agissait de Philippe Krootchey, un autre de ses proches, le premier disquaire des Bains-Douches. Quelques mois plus tard, Christian Louboutin a corrigé cette inexactitude et m'a appris que Chéchéto et Chéchéta étaient un couple de dealers d'héroïne qui officiaient dans un appartement de la rue Sainte-Anastase où la bande allait souvent traîner.

La boîte à gâteaux contenait une seconde carte

postale en 3D (Three-Dimensional Xograph) représentant l'Empire State Building. Elle est écrite de la même encre verte, sans doute le même jour.

cher pacadis (*trois cœurs dessinés*)
je suis la tête raser static
dans un monde de plastic
et des croix gammées peuvent

s'apercevoir sur ma chair
qui dégage un bruit pervers
et acryliquess et les sucettes
des buildings se reflettent
dans les lueurs platines
de ma gomina sinthétique
et je suis encore dans les postes de polices pour
abus de stupéfiants dans les night clubs ça c'est
automatique- mais tous'
est tellement intense la
nuit dans les endroits sordide
de dowtown ou flachant
dans madison avenue
ici on c'est que les personages
et l'atmosphère se sont
stagnés dans les extremes
et que les neons et sirenes de
polices vibrerons indéfiniment
dans nos têtes

Quand je sondai une nouvelle fois Eva à propos de cette arrestation, elle me précisa être partie à New York avec sa mère, avoir séjourné avec cette dernière au Waldorf Astoria aux frais d'un riche amateur, puis avoir fugué pour retrouver ses amis. Elle aurait alors trafiqué de la drogue pour subvenir à ses besoins : « Je vendais des doses de bébé chat. » Impossible de savoir quand exactement.

Les deux cartes postales écrites à l'encre verte font allusion à ses cheveux qu'elle aurait rasés. C'est donc lors de ce séjour à New York qu'Eva sacrifia sa longue chevelure, à la fois pour contrarier sa mère et pour imiter Edwige, notre Penthésilée au casque de platine, dont Eva fut, un an avant moi, amoureuse.

Peu après la découverte des deux cartes postales, j'ai retrouvé derrière le canapé de velours rose de l'appartement de Montmartre, dans un nid de poussière et de vieilles tatanes à semelle rouge, *NovöVision*, le livre d'Yves Adrien. Après une amusante description de l'enterrement de Paul Meurisse, vu à la télévision le 19 janvier 1979, Yves Adrien raconte un séjour à New York en compagnie d'Edwige. Une trentaine de pages admirées de Jean-Jacques Schuhl. Je crois qu'Edwige m'avait parlé aussi de ce voyage, quelques mois plus tard, mais je ne me rappelle plus qu'elle ait évoqué Eva, ni cette arrestation.

Grâce à un autre support plus précis, le *Diary* d'Andy Warhol, j'ai pu établir la date exacte de l'arrivée du journaliste français à New York, ils font en effet tous les deux allusion à un concert du groupe The Clash au Palladium. Warhol raconte y avoir croisé Debbie Harry et Nico de retour au Chelsea, teinte en rousse sur les conseils de John Cale. Ce concert des Clash est évoqué à la page 41 de *NovöVision* :

> Samedi je n'irai pas voir les Clash et les Cramps au Palladium.

Warhol date le concert du dimanche 18 février 1979. Par ailleurs, Nico apparaît à la page 47 du livre d'Yves Adrien dans un passage exemplaire de la manière de l'époque :

> Le concert terminé, Edwige m'annonce qu'elle va habiter au Chelsea avec Nico. Mais pas ce soir. Plus tard. Demain, sans doute. Ou jamais…

Dans un texte autobiographique dactylographié évoquant son long séjour à l'hôtel La Louisiane, rue de Buci, en 1982, Eva fait allusion à un vanity-case bleu de marque Samsonite dans lequel elle conservait alors un pot de pancake blanc, ce maquillage plâtreux de star du muet, « *acheté avec des travestis à New York quand j'avais treize ans* ». Le pot de crème craquelé marque le passage des années. Eva est née en mai 1965 (et non en 1966, comme l'indique sa fiche Wikipédia). La date de janvier ou février 1979 resterait tout à fait acceptable si Eva n'avait pas fait allusion à plusieurs reprises depuis que je la connais à des visites à l'hôtel Chelsea, à un moment où elle était amoureuse de Sid Vicious. Le bassiste des Sex Pistols est mort le 2 février 1979, il a poignardé sa compagne, Nancy Spungen, le 12 octobre 1978. Libéré en novembre 1978, réincarcéré en décembre, je ne crois pas qu'il ait remis les pieds au Chelsea entre-temps. Les visites d'Eva se situeraient donc à l'été ou, au plus tard, au début de l'automne 1978.

Un texte contemporain, conservé dans la même boîte de biscuits, texte en prose écrit au stylo plume à l'encre violette sur une liasse de feuilles volantes A3 à gros carreaux délavées par le temps, évoque lui aussi ce sacrifice à la sainte Thérèse. Vêtue d'une robe de skaï à rivets latéraux et d'une paire de talons aiguilles en crocodile noir qui s'enfoncent dans l'asphalte des rues à cause de la chaleur, Eva prend un taxi «jaune Kodak» pour se faire couper les cheveux chez un coiffeur de Chinatown. Les odeurs évoquées avec beaucoup de sensualité, les crissements synthétiques (orthographiés ici aussi *sinthétiques*) de la robe sur le corps de la petite fille font immédiatement penser à la carte-poème adressée à Alain Pacadis. L'écriture est la même, appliquée; une écriture de bonne élève, celle de la fillette de sixième qu'Eva était à l'époque, quoiqu'un peu gauchie par la drogue. Tous ses amis m'ont affirmé qu'Eva écrivait très bien dès son plus jeune âge.

L'allusion à la croix gammée dans la carte adressée à Alain Pacadis pouvait me laisser penser que ces scarifications, dont j'ai observé en décembre 1979 les mêmes reliefs sur les avant-bras d'Edwige, dateraient aussi sinon de ce séjour, du moins de cette année-là. Le texte à l'encre violette suggère une température d'été ou de début d'automne.

*

Je m'attardais sur ces précisions, si insignifiantes paraissent-elles. J'interrogeais certains amis, mais aucun ne se rappelait à quelle date exactement Eva s'était fait couper une chevelure que j'imaginais traîner par terre sur le sol en carreaux de ciment crasseux d'un petit coiffeur de rue new-yorkais. De janvier ou février 1979 j'étais donc remonté par l'escalier des saisons jusqu'en fin août ou début septembre 1978. Ces flâneries dans le passé avaient le charme agaçant de ces promenades où je me perds et où mes pas me ramènent sans cesse au même carrefour. Il arriva parfois qu'un souvenir personnel m'attende parmi ceux d'Eva, et c'était pour moi un plaisir supplémentaire.

Autre recueil rapporté de Paris dont Eva me confia la garde : un album-photos vert pâle recouvert de dentelle synthétique. C'est un pêle-mêle de photos de famille, de portraits et de bande de photomatons datant des années 1977-1980. Parmi des dizaines d'images flamboyantes, une page réserve sous une pellicule de protection quelques rares photomatons représentant Eva avec des cheveux courts portés en toupet frisé sur le haut de la tête. À côté de cette pauvre série se trouve, placé en biais, un billet américain de 1 dollar autographié à la main de l'écriture d'Edwige. En haut à gauche, non loin du chiffre 1 est dessiné à l'encre noire un cœur symbolique monogrammé de deux E inversés et entrelacés. Initiales d'Edwige et d'Eva. Le texte manuscrit sur toute la longueur du billet est le suivant :

EVA, MON ENFANT, MON AMOUR
TU VERRAS QUE DANS LES LUMIÈRES
DE NYC, LE SOLEIL ET LA LUNE
SE CONFONDRONT AVEC LES
NÉONS DE LA 42ᵉ RUE
EDWIGE

Le flanc gauche du billet de banque porte une datation précise :

PARIS LE 8-1-79

Datée de décembre 1979, moins d'un an après, je possède une lettre illustrée que j'ai moi aussi jalousement conservée depuis des années. Elle est de la même main que le billet de banque, l'écriture est la même, à la différence du E qu'Edwige écrivait dans la lettre à Eva en utilisant une graphie grecque minuscule, l'epsilon, qui deviendra à mon adresse un epsilon majuscule, symbolisé sous sa forme lapidaire de trois tirets parallèles. C'est aussi une lettre d'amour, comme l'indique le dessin, une œuvre originale de la main d'Edwige inspirée d'une photomaton couleur nous représentant enlacés, le message est plus allusif :

PARIS - DÉCEMBRE - 20 - 1979
JE NE SAIS PLUS QUOI TE DIRE –
J'EN AI DÉJÀ TROP DIT
JE TE L'AI DÉJÀ DIT… TU SAIS TOUT
EDWIGE X80

Il m'aura fallu attendre trente-quatre ans pour pouvoir mettre ces deux missives en rapport, comme les parchemins de la Licorne.

Le billet de 1 dollar qui ne fut jamais utilisé par sa dédicataire donne une indication : « Tu verras que la lune… » révèle qu'il s'agit d'un talisman offert par Edwige (la lune) à Eva (le soleil) en vue d'un voyage prochain à New York. La date du 8 janvier laisse penser qu'Eva aurait pu séjourner là-bas au début de l'année 1979, avant la mort de Sid Vicious, à l'époque où il était détenu à Rikers Island. Eva m'a affirmé à plusieurs reprises qu'elle se trouvait à New York le jour de l'overdose, le 2 février. Elle ajouta une fois, mais sans y revenir jamais, qu'elle s'était «rasé la moitié de la tête» en signe de deuil.

Onze mois plus tard, une après-midi de décembre 1979, quand nous allions prendre notre petit déjeuner à une baraque à frites de la rue Saint-Denis, je me souviens qu'Edwige, qui, comme l'a écrit notre amie Paquita, était «aspirée par l'absolu, l'amour fou, le suicide», me parla de Nancy Spungen, qu'elle avait côtoyée lors de la visite du couple à Paris, cette visite durant laquelle fut tournée la séquence célèbre: Sid Vicious interprétant *My Way* au Moulin-Rouge. Selon Edwige, Nancy faisait des passes rue Saint-Denis, appuyée contre un mur est de l'ancienne voie royale, non loin de notre marchand de frites, pour acheter de la drogue. Je me rappelle lui avoir demandé si elle avait rendu visite au jeune ménage à New York, mais nous fûmes interrompus, comme il arrivait souvent à l'ancienne reine des punks, par une rencontre inopinée, une des premières personnes à l'avoir aidée, en l'employant comme portière de son établissement, Elula Perrin, tenancière d'une boîte de lesbiennes de la rue du Vieux-Colombier célèbre dans les années 1970, Le Katmandou. Je ne me rappelle pas si la tribade partagea notre breakfast de merguez.

*

Sur deux des cinq photomatons montrant Eva avec des cheveux courts et frisés, une coiffure peu seyante, son visage rond et un peu trop expressif apparaît bronzé. Il est manifeste qu'elle revient de vacances. D'après Christian Louboutin, présent au côté d'Eva sur ces clichés, il s'agissait d'une escapade à Saint-Tropez accomplie en compagnie de deux membres de sa bande. Vivant à la belle étoile, se nourrissant principalement de pans-bagnats et de Malibu, ils s'étaient tous trois essayés à vendre leurs charmes sur les yachts du port. Eva évoqua cette aventure lors d'une de nos premières nuits. Selon elle, le Malibu mélangé aux neuroleptiques l'avait fait grossir de dix kilos, surcharge pondérale qui, couronnée par des cheveux courts en étoupe et un bronzage de négresse, en faisait un personnage replet et peu séduisant, comme en témoigne la réaction d'un yachtman lorsque le trio s'introduisit sur le pont d'un bateau ancré en face de Sénéquier : « Non, pas la petite grosse, elle est trop moche ! » Christian Louboutin définit l'allure et l'humeur d'Eva cet été-là comme la « pire période » de son amie.

Lorsqu'elle me l'a racontée, Eva riait de cette mésaventure. Jamais le sortilège ne m'a paru plus opérant que cette nuit de printemps durant laquelle nous riions enlacés dans l'odeur chaude du lit d'Eva. J'avais une fois de plus la certitude qu'un de mes personnages convoqué dans le roman picaresque de la réalité venait me préciser, de son ton parigot et élégant, un épisode de mon vieux livre. Quant à la noirceur de la situation, elle était balayée par une désinvolture typique de la fin des années 1970 qui fait trouver drôles à Eva des avanies affligeantes pour d'autres. En relisant mon premier roman le lendemain, j'ai souligné au crayon ce passage où j'avais noté la bravacherie d'alors, ce penchant cosaque pour les aventures scabreuses.

On s'amusait avenue Georges-Mandel, il y avait des bals masqués, des tombolas, des surprises, des jeux dangereux et la Rolls-Royce. On avait peur, aussi, mais, comme disait la petite Sophie, «on ne s'amuse jamais autant que quand on a peur.»

Cette Rolls-Royce de fantaisie[1] va rallonger ma digression d'un quart d'heure. Dans le récit que Christian Louboutin m'a fait des aventures de Saint-Tropez, il y a une variante ou peut-être un doublon. Selon lui, alors qu'Eva marchait sur le port en compagnie de ses amis, une énorme Rolls se serait arrêtée à sa hauteur, la glace électrique descendue, un homme de type libanais aurait lancé à la petite négresse joufflue coiffée d'étoupe: «C'est toi, Eva Ionesco? Eh bien dis donc, t'as drôlement changé depuis les photos de ta mère.» La Rolls et le Libanais semblent si bien sortis de mon livre que je me demande jusqu'à quel point ce dernier n'a pas influencé le témoin. Infirmant cette version, Eva m'affirma quelques jours plus tard que le Libanais avait bien existé, mais qu'il s'agissait d'un «micheton» levé par le trio à l'hôtel Martinez, la même année à Cannes.

Cette nuit arabe me fait souvenir d'une nuit plus ancienne que m'a racontée Eva. Elle date d'un an avant, un été, quand sa mère l'avait prêtée au photographe Jacques Bourboulon, autre pourvoyeur de nus enfantins qui devait vendre ses photos à l'édition italienne de *Playboy* et faire d'elle, à onze ans, le plus

---

1. Inspirée dans mon livre de celle d'Armel Issartel, gendre d'Hélène Rochas et crapuleux Trimalcion de l'Élysée-Matignon.

jeune modèle nu jamais référencé du célèbre magazine de Hugh Hefner. Alors qu'elle avait échoué dans une boîte de nuit de Marbella en compagnie d'une fillette de son âge et d'une gouvernante espagnole, un homme se serait approché d'Eva au bar et lui aurait dit : « Toi, t'as dû être belle quand t'étais jeune. »

Sade n'est pas loin. Une fois encore, je vérifiais que la littérature, la mienne en tout cas, a des pudeurs que la vie méprise. On a parlé de noirceur à propos de mes livres, sans connaître que j'adoucis souvent les histoires qu'on me raconte. Non par bon goût mais par vraisemblance. J'imagine avec regret comment j'aurais pu, dans ma vieille anthologie, décrire ces deux fillettes maquillées et bronzées, l'une, l'anonyme, en short, l'autre, Marina-Eva, ma sœur, mon aimée, en robe à sequins, avec un chapeau de plage à large bord en toile marron d'Inde, oscillant comme aujourd'hui, quarante ans plus tard, sur des mules compensées 1950 ; leur petite danse devant un bar que j'imagine, je ne sais pourquoi, recouvert de canisses, éclairé par des suspensions abat-jourées de dentelle synthétique. Un bol ventru comme une méduse, une louche ithyphallique pointant dans le clair-obscur, quelques verres à cocktails, des silhouettes indistinctes de femmes décolorées en robes ibizenca blanches, des lévriers afghans, des rires. L'homme s'approche, il a la noirceur indistincte, déformée d'un personnage de dessin pervers, il s'approche et lâche son crachat. Peut-être parce que ce pourceau est ivre et que son émotion se retourne en méchanceté ; car c'était la mode d'être méchant à cette époque, quand le mal était mieux départi du bien qu'aujourd'hui.

*

Alors, à quelle date Eva s'est-elle coupé les cheveux ? Si l'on assigne à ce sacrifice symbolique qui marqua la fin de l'âge d'or des photographies maternelles la date du printemps ou du début de l'été 1978, il est impossible de remonter au-delà. C'est en effet en juin 1978 que fut prise une série de photos de Pierre & Gilles montrant la masse blonde complète. Sur l'une, fameuse, Eva Ionesco couronnée jette un verre de champagne à la tête de Salvador Dalí ; sur l'autre cliché, la masse blonde se dresse en flamme sur la tête, suivant le phénomène connu sous le nom d'horripilation, dans une parodie de suicide opérée à coups de fourchette dans une prise électrique devant un mur couvert de papier peint à l'effigie de Claude François. Cette seconde photo, reproduite en noir et blanc à la page 52 du même numéro 6 du magazine *Façade*, au sein d'une série de mode *Suicide Story* non loin d'une photo de Victoria Guinness empoisonnée par Deborah Turbeville, résume à merveille la gaieté imputrescible du modèle et l'incandescence de ces années-là.

Christian Louboutin ne faisait pas partie du voyage à New York, mais il a complété l'histoire par un épisode inédit qui vient s'ajouter aux autres sans les effacer, suivant un processus propre aux traditions orales. En amorce, je lui ai raconté une des dernières versions qu'Eva m'avait données de l'incident, une leçon simplifiée et suspecte qui oubliait les amis dont il est

97

pourtant question dans la carte postale destinée à son dealer parisien. Suivant cette version, c'était Irina sa mère qui l'aurait dénoncée à la police américaine, venue l'interpeller dans la chambre d'hôtel, « pas le Waldorf Astoria, mais un autre, où nous avions fini après, quand le protecteur de ma mère en eut marre de payer ». La charge fut aussitôt désamorcée par Louboutin, qui se rappelle avoir entendu parler à l'époque d'une scène moins familiale et plus underground. Eva, qui avait fugué depuis quelques jours, aurait été surprise par des policiers en train de s'injecter de l'héroïne en intraveineuse dans les toilettes du Studio 54. Cette version corrobore l'allusion aux « night-clubs » dans le poème adressé à Alain Pacadis. D'après les souvenirs de Louboutin, c'est ce délit mettant en cause une mineure de treize ans qui aurait entraîné plus tard à Paris la déchéance des droits parentaux pour la mère d'Eva et le placement en maison de redressement dont il est question dans le film *My Little Princess*. Confrontée à ce témoignage, Eva m'a rétorqué agressivement : « Il peut parler, il y était pas », avant d'avouer le shoot au Studio 54 et de concéder que la police l'avait peut-être filée jusqu'à l'hôtel afin d'établir si oui ou non cette jeune junkie habillée comme une prostituée se livrait au trafic. L'épisode n'est pas sans évoquer le film *Taxi Driver*, que j'avais revu à la télévision à l'époque où je lisais *Moi, Christiane F.* quelques mois avant de commencer mon premier livre. C'est durant son année de sixième qu'Eva prit l'habitude de s'injecter de l'héroïne un peu partout, utilisant même l'eau de la cuvette des W.-C. du lycée Paul-Valéry.

Plus probablement, c'est la répétition de ce type

d'écart, les quelques arrestations d'Eva pour divers délits allant du recel au vol de deux-roues ou à la détention d'héroïne qui ont entraîné l'intervention de la justice et des affaires sociales.

L'addiction à l'héroïne et aux médicaments est le principal prétexte invoqué par Irina Ionesco pour expliquer le placement à la DDASS de sa fille unique dans le courant de l'année 1979. Eva considère encore aujourd'hui cette défausse comme un abandon, et des plus lâches. D'autant qu'Irina continua de vendre des nus d'Eva durant toute la période où celle-ci fut enfermée en maison de correction ou en hôpital psychiatrique.

*

La boîte à biscuits bleue contenait un dernier souvenir qui m'émut quand j'en fis la découverte. Témoin d'un âge pénible de la vie d'Eva, il nous relie encore une fois l'un à l'autre par le fil du hasard ou de l'inspiration. Il s'agit d'une carte postale, une image, plutôt, datant du début des années 1960, une photo de Sam Levin représentant Johnny Hallyday. L'idole vêtue de souliers vernis, d'un pantalon à barrette noir et d'une veste à revers châle en Lycra bleu, brandit une fausse guitare Gibson ES 175 (sans doute une copie allemande de marque Kay) noire dressée comme un phallus. À son poignet brille une gourmette en or. Johnny est poupin, il affiche dix-huit ou dix-neuf ans, c'est une de ses premières photos de promotion pour les disques Barclay. À n'en pas douter une trouvaille des Puces.

Au dos, avec stylo Bic bleu cette fois, et de la même écriture régulière, Eva a écrit une ébauche de mot de rupture de quatre lignes qu'une main, la sienne ou une autre, a rayée ensuite en cercles concentriques :

> Marina
> Je sais que tu m'aimes
> mais il faut que tu sache que
> je veux être ton amie une bonne
> amie, s'est dur c'est sur m

Marina… Par extraordinaire, le prénom de Marina était celui d'une délinquante juvénile à qui Eva avait adressé un de ces petits mots d'adolescence, effusions naïves disparues depuis l'invention des SMS. À la différence des messages électroniques, ces mots doux se conservent et prennent avec le temps un charme incomparable. C'est un mot de prisonnière qu'on dirait sorti de *L'Astragale* ou de *Jeunes filles en uniformes*. Tenant ce papier dans mes mains, j'avais le sentiment de ces rêveurs de conte fantastique qui se réveillent au matin serrant dans leur main le gant qu'une créature de rêve leur a donné au cœur du songe. C'était donc vrai !

Eva m'a décrit Marina, sa compagne de dortoir, comme une fille battue par ses parents, une homosexuelle pressante et jalouse. « Je lui avais roulé une pelle une fois et depuis elle pensait que j'étais sa meuf. » Christian Louboutin m'a affirmé que cette Marina avait tué son père à coups de marteau. En entendant ça, Eva, interloquée, lâcha : « C'est fou ! Il se souvient de trucs que j'ai oubliés… »

Sous des dehors de discrétion ou de pudeur, une telle tendance à l'omission, au refoulement, participe à ce projet de passer pour normale qui est pour Eva, plus qu'une forme nécessaire de sociabilité, la meilleure façon de se départir de ses goûts scandaleux d'autrefois. *My Little Princess* ne cesse d'ailleurs d'user de voiles, d'adoucissements qui ne sont pas des escamotages, mais une stylisation délibérée visant à émouvoir plus qu'à choquer, un parti significatif de la méfiance d'Eva à l'égard du sensationnel. On peut, je crois, dater de l'époque des maisons de redressement cette adhésion au classicisme, un refus de l'effet, une sobriété attique, une visée à l'universel, à l'expérience commune qui se traduit en termes de vocabulaire par le langage administratif et la politesse de gendarme. Selon ses amis d'alors, Eva aurait pris la mesure de la vraie violence face à des délinquants d'une autre eau, parmi d'autres cette Marina dont j'allais sans le savoir emprunter le prénom vingt-quatre ans plus tard et, depuis cette époque, elle aurait cessé de *la ramener*, méprisant les provocations maternelles.

Le double fictif de Marina apparaît à la fin du film d'Eva, alors justement que la jeune héroïne qui l'incarne a coupé les longs cheveux – des perruques, en fait – qui la coiffaient jusque-là. Dans les dernières séquences, elle est une des portières du vaste monde où la jeune fille s'enfuit pour échapper à l'emprise de celle qui la poursuit.

En miroir de l'émotion que j'ai ressentie en découvrant l'existence de cette jeune fille, c'est la vue du prénom de Marina à la première page de mon livre, non loin du sien, qui a dès l'abord donné à Eva l'étrange certitude que ce livre lui était adressé.

*

Ces archives avaient gardé leur fraîcheur. Que ce fussent les photos de l'album à dentelle, les papiers mélangés de la boîte de biscuits ou d'autres documents d'époque moins personnels, je n'avais pas l'impression, comme c'est le cas en général, de remuer des vieilleries. Les conversations que j'entretenais avec Eva durant l'élaboration du scénario me permirent d'apporter des précisions à des impressions anciennes, de corriger certains souvenirs, de découvrir enfin les faces cachées de profils perdus depuis trente-cinq ans. C'est un peu comme si les jeunes filles de Watteau s'étaient retournées, me donnant de nouvelles perspectives sur les fêtes d'autrefois. Passé de l'autre côté du miroir, je retournais avec Eva dans des soirées où nous nous étions croisés sans le savoir, je rencontrais en l'écoutant des gens à qui je n'avais pas parlé, dont le nom m'était resté en tête comme une énigme, que j'avais entrevus sur une banquette, entre deux portes ou dans la fumée des fumigènes. Une extraordinaire mémoire, entretenue par des lectures sans nombre, faisait d'Eva la Béatrice du Paradis perdu. Je découvrais que ce que j'avais regardé avait été vu par une autre – la même que j'osais à peine regarder à l'époque, tant elle me paraissait farouche –, avec une sensibilité tout aussi forte que la mienne. La vieille apparition, restée jeune comme le sont à jamais les esprits, s'était mise à parler et ce qu'elle me racontait n'était pas différent de ce que j'avais saisi de loin ou même imaginé à distance, par intuition.

La petite Marina était la cadette de Claude mais son aînée en toutes matières. Alors que Claude était encore au collège, elle fréquentait des adultes qui l'avaient initiée très tôt aux cruelles vérités humaines.

J'ai écrit qu'Eva était mon aînée, elle le fut en tout cas dans notre jeunesse. Les cinq ans de différence qui affirment le contraire ne changent rien à l'affaire.

Dans mon vieux livre j'avais fait de la jeune fille inspirée par Eva la sœur du héros. Une consanguinité n'exclut pas la distance. Chacun sait qu'une fratrie comprend des gens fréquentables et d'autres moins, des gens drôles mais d'autres plus timides ou plus lourds. Une petite sœur peut s'aguerrir plus tôt qu'un grand frère, j'ai vu des exemples autour de moi. Le personnage masculin, si mou et si fade, qui jouait le rôle principal, permettait de mettre en valeur sa sœur et ses amies, de la même manière – croyais-je avant d'écrire – que mon regard de timide avait grandi les jeunes filles d'alors, les faisant monter à la hauteur de fées ou d'apparitions. Vu de l'extérieur, du point de vue de l'homme qui lit et non pas encore de celui qui écrit, je jugeais avant de me mettre au travail que je m'étais laissé abuser par mes impressions de jadis. Avant de le commencer, je voyais mon premier livre comme l'histoire d'une désillusion, je tombais dans le travers ordinaire des commentateurs de Proust qui considèrent que c'est l'œil de l'artiste qui œuvre, non l'objet de son observation. De cette naïveté de professeur ou d'intellectuel qui dénie aux objets de ma fascination leur supériorité d'essence, considérant que l'imaginaire suffit à créer le mythe, l'écriture m'a fait revenir. En voulant montrer la désillusion, je me pris moi-même à mes propres charmes et je retrouvai sans l'avoir cherchée la fascination, l'atmosphère scintillante du mythe, la robe de brume de Thétis, sans jamais oser la défaire. Les fées sont les fées. Voilà la découverte qui m'a émerveillé à mesure que j'avançais. Oui, les êtres intermédiaires existent, oui, ils sont à jamais d'une essence différente de la mienne. Oui, je sais l'art de les évoquer, ou même, je le crois maintenant, de les invoquer.

Ma plus grande récompense, hors le succès de ce tour, fut que la réalité allait céder devant la fable. Aussitôt que j'ai commencé d'écrire *Eva*, la suite de mon premier roman, dix ans après, passant de l'anthologie à l'apologie, je me suis dégagé de toute faiblesse à l'égard du réel. *Eva* m'a pris par la main et m'a fait passer dans cet espace qu'ont parcouru Faust, Peter Ibbetson et certains héros d'Edgar Poe. Pour user d'un vieux verbe : elle m'a féé, pour user d'une image désuète, celle des gravures romantiques de Delacroix ou de Doré, celle du grand cinéma muet, je me vois comme un homme qu'une apparition blonde tire à travers un mur ou une fenêtre devenue aussi poreuse qu'un rideau de fumée et qui se retourne une dernière fois vers sa table, ses livres empilés à la façon de colonnes ruinées, sa lampe qui brille comme un fanal, la tête de mort qui ne lui rappelle plus du tout sa condition ou même le magasin des accessoires romantiques, mais d'autres images, répétées à l'infini se perdant en abîme dans l'âme des miroirs. Féerie me semble soudain faible, un mot trop répété et d'abord par moi dans ce livre, c'est *allégorie* qu'il faudrait dire. *Eva* – je ne me lasserai jamais de ce prénom –, *Eva*, qui fut une figure allégorique, qui souffrit et aima jouer les poupées sous l'œil de l'imagière perverse qui lui a donné le jour, a éclairé pour moi les choses à la lumière de l'allégorie. Chaque partie devenant un symbole, un emblème comme la forêt, les couronnes, les fleurs ou les squelettes de la gravure ancienne. Elle a si bien et si tôt baigné dans l'allégorie qu'elle en a gardé l'empreinte. Avant même que je connaisse son existence, que je voie sa photo ou que je la croise dans les couloirs rouge et or du grand sabbat nocturne, *Eva* vivait une existence à part, taboue, qui l'apparente plus aux créatures des romans d'autrefois, aux images de films anciens que j'allais voir à la cinémathèque de Chaillot qu'à une personne ordinaire.

*

Les changements d'état ne s'accomplissent pas d'un coup, il y a des sauts préalables, une manière d'entraînement. Il existait déjà pour moi avant d'écrire *Eva* une géographie surréelle, le monde où je marchais pouvait s'ouvrir à tout moment sur l'autre côté. Lorsque je quittais la réalité pour m'aventurer sur ses chemins, dans ses ruelles, grimper ses escaliers, j'étais seul, comme ça m'est arrivé tant de fois, l'état d'émerveillement n'arrivait pas à se stabiliser. Le sentiment d'étrangeté monté si haut un instant s'écroulait alors que je posais la main sur la rampe de pierre d'un escalier, ou que je baissais mes yeux qui s'étaient attardés sur une fenêtre allumée ou sur une silhouette fugitive. L'imagination se fatiguait, l'énergie électrique, l'arc utile à l'inspiration s'usait de ne tenir que d'une source. Non que je ne fisse pas de progrès. Avec l'âge, je le répète, mon pouvoir de rêverie s'était amélioré aussi bien en ce qui regarde la mémoire qu'à ces moments fugitifs mais éternels où la réalité rejoint le désir que j'ai d'elle.

Avant *Eva*, en marchant dans la forêt qui m'entoure ou dans les rues du Paris de mon enfance, j'arrivais à tenir le saut, de plus en plus longtemps, à le tenir le temps équivalent d'un rêve entier dans le sommeil paradoxal, c'est-à-dire quelques secondes en suspension dans un vol intermédiaire entre l'élan et la chute. Par ce penchant à la résignation qui gagne en vieillissant, et que je confondais avant *Eva* avec de la sagesse, je n'imaginais pas pouvoir faire durer ces moments plus longtemps. Sauf à m'approcher grâce à la drogue au plus près de la mort. Personne ne pouvait m'aider à aller plus loin. Aucun changement. Au contraire, je croyais devoir préserver mon énergie par la routine en parcourant seul toujours les mêmes routes, les mêmes chemins : certaines rues allant vers la Seine, le Louvre vu de l'hôtel Voltaire, les jardins du Carrousel, la forêt de Retz et ses fantômes, tout chemin menant à l'écart des hommes.

La solitude pousse à l'orgueil pour mieux se préserver ; sa fragilité la condamne à la claustration et je m'étais persuadé de ne trouver ces moments d'inspiration que dans un recueillement complet. Il me semblait que toute compagnie en me réclamant de l'attention me détournait de la nature, ou du moins de ce trésor que la nature réserve à celui qui sait s'en inspirer. J'entends par «nature» le monde réel dans son entier, y compris les êtres et les œuvres d'art. L'idée de partager une joie si fugitive avec quelqu'un d'autre qui ne soit pas un lecteur mais une personne liée à moi par une affection réciproque me paraissait non seulement absurde, mais dangereuse. Raison pour laquelle je maltraitais les femmes qui disaient m'aimer et voulaient profiter de ma compagnie plus que je ne l'aurais souhaité. Si je cédais parfois par faiblesse de caractère et que j'avais le sentiment de me laisser envahir, il fallait aussitôt que je les trahisse, les néglige ou les batte pour leur faire payer des privautés qui m'avaient éloigné d'une bonne lecture, d'une promenade ou d'un quelconque appétit d'inspiration nocturne.

Un tel équilibre semblait définitif. Comment pouvais-je prévoir qu'un grand jeu restait encore à jouer, qu'une créature de fiction, un être qui avait été l'objet des années durant d'artifices d'autant plus puissants qu'ils ont été œuvrés à l'âge vulnérable, que cet être rencontré dans l'imagination de mon livre allait rentrer dans ma solitude convoqué par mes œuvres, tel le chien barbet de la légende allemande, et tout défaire ?

*

C'est en regardant la basilique Saint-Pierre de Montmartre de mon balcon aux côtés d'Eva que j'ai entendu pour la première fois cet appel qui m'a suggéré de l'épouser, et c'est au pied de cette basilique, ou plutôt derrière, sur le flanc nord-est de la colline, entre la rue du Chevalier-de-la-Barre, la rue Saint-Vincent et l'allée des Brouillards que j'ai eu plus fortement que jamais, il y a quelques jours, plus d'un an après, alors que j'étais plongé dans l'écriture d'*Eva*, le sentiment d'avoir à mes côtés non pas seulement une femme, mais une autre créature, un de ces êtres intermédiaires qui font le bonheur et le malheur de ceux que Baudelaire appelle les poètes, et que personne, en parlant sérieusement, n'oserait plus depuis Cocteau nommer ainsi.

Nous finissions une soirée de printemps presque trop radieuse ; le triomphe de la lumière de juin. Pour nous éviter de boire de l'alcool, par un caprice inattendu, Eva m'entraîna dans un parcours de promenades qu'elle avait l'habitude de suivre seule, le soir à la tombée du jour. L'épouse fidèle qui ne m'a pas quitté plus de quelques heures depuis notre rencontre fut, je l'ai dit, une des plus enragées solitaires qu'on puisse imaginer. Depuis l'hôtel de La Louisiane jusqu'aux bouges de Shanghai, Eva a parcouru une bonne partie de la vie et du monde sans autre compagnie que ce double dont elle cherche sans arrêt à s'assurer la présence dans les miroirs. Est-ce son origine slave ? Elle a la tristesse des âmes errantes, des voyageuses, de celles qui savent qu'elles partent toujours la première.

« Pourvu qu'elle me tue plutôt que je ne la perde. » Telles étaient mes pensées en sentant sa personne près de moi, sa main dans la mienne. J'en avais une fois de plus les larmes aux yeux. Ce soir elle avait sa voix grave de garçonnet à peine mué et me montrait avec une fierté très pure des endroits qu'elle avait aimés, regardés, qui l'avaient inspirée avant notre rencontre. J'écoutais sans mot dire son accent parigot, ce côté vieillot, apache, qu'elle porte en elle pour avoir fréquenté dans toutes sortes de mauvais lieux ou de maisons splendides tout un monde de titis, de trottins, de mannequins, de princesses et de snobs plus âgés qu'elle, une faune qui la rattache à Colette, à Toulet, à Jean Lorrain et à mes lectures de jeunesse, et je regardais intérieurement sans la voir cette petite stature rabaissée par le port inhabituel de sandales plates, joliment ouvragées de perles, qui mettaient en valeur de curieux pieds d'enfant et me donnaient l'impression de marcher à côté d'un gamin ou d'un mousse travesti. Le moussaillon me parlait du boulodrome de Montmartre, un cercle enfermé dans un square et des hommes du Milieu qu'elle avait croisés ici.

« Viens voir un hôtel où j'ai habité… » Le passé d'Eva l'embellit chaque fois à mes yeux. Il lui rend cette densité surhumaine qu'ont les êtres sans âge. Le petit mousse apparu au coin de la rue Saint-Vincent se muait sans que j'y prenne garde en un vieux marin, peut-être le Hollandais maudit dont parle la légende. Une main d'enfant se serrait dans ma main alors que cette voix sans âge, qui ne racontait rien de bien méchant, me semblait connaître tous les vices du monde. Nous nous tenions maintenant sur une place obscure, la lumière du jour, le magnifique soleil doré ne perçait plus qu'à peine à travers un épais feuillage. Eva me montrait un bâtiment où elle avait vécu à une époque indéterminée. J'eus soudain le sentiment de me trouver dans un de ces romans fin de siècle, datant du Montmartre historique, en compagnie d'une fillette prostituée qui essaye de ramener un vieux marcheur à la Willy dans un hôtel borgne. Je la soupçonnais, car elle était, en ce jour de chaleur, mue par une rage sexuelle qui l'agite de manière intermittente et sans tenir compte du lieu ou du contexte, de vouloir m'attirer dans une chambre, celle où elle avait vécu vingt vies plus tôt. Mais était-ce bien elle qui me tenait la main ? La suggestion venait-elle de la femme qui marchait près de moi encore quelques minutes plus tôt ?

La réapparition du soleil fit cesser le phénomène. Nous stationnions maintenant en haut d'un escalier. À gauche sous les parois blanches et sales de Montmartre une vaste découverte ouvrait sur la ville ordinaire baignée en cette toute fin d'après-midi d'une légère brume de couleur violette. Des touristes étaient assis un peu partout sur les marches et nous commençâmes à descendre. J'entendais les sandalettes de celle qui m'accompagnait claquer sur les vieilles pierres qui avaient porté tant d'êtres, subi tant de souillures. Eva affiche souvent des pieds d'angelot douteux, de minuscules ongles d'escogriffe ou de clocharde sur quoi le vernis de couleur rouge Maybelline, une camelote achetée en grande surface, s'écaille. Elle s'en fout, ou plutôt je crois qu'elle s'en pare, qu'elle y prend plaisir car il en est question dans certains de ses textes intimes. Cette élégance clocharde est très datée de notre jeunesse. On se fichait de ce genre de choses, l'hygiène, la beauté des pieds ou des dents, comme des maladies vénériennes ou du travail. Seuls comptaient le maquillage, les atours, l'instant présent, l'allure générale, la coiffure, les talons hauts, l'argent du micheton ou celui qu'on avait dans la poche.

Tout en bas des escaliers, sur le trottoir de la rue Gabrielle, je vis une femme qui nous regardait. À son sourire mi-amical mi-narquois, à son assurance tranquille, à son âge incertain, à son usure et à quelques détails de son allure, lunettes noires, cheveux teints, dos cambré, maintien d'ancienne fille de la nuit tombée concierge ou dealeuse de marijuana, je reconnus une créature sortie du passé, un fantôme du faubourg Montmartre, des escaliers de la Main Bleue ou du trou des Halles, au sang chaud, sympathique et corrompu.

Elle se tenait en bas des marches, à peu près dans l'axe de la rampe centrale, qui, comme souvent à Montmartre, prenait la forme d'une double tubulure parallèle, usée jusqu'au noir, ou plutôt jusqu'à un marron brillant, par les mains des passants.

Eva ne la vit pas venir ou plutôt ne nous vit pas venir sur elle, ne vit pas l'inconnue nous regarder de plus en plus intensément malgré son absence d'yeux, toujours masqués par ses lunettes, à mesure que nous descendions. Eva était, comme souvent, inattentive, perdue dans quelque pensée ou dans cette contemplation presque mystique d'elle-même qui donne l'impression qu'un miroir halluciné, suspendu devant elle seule, lui permet de vérifier son allure en même temps qu'elle bouge et paraît vivre normalement. Son nez pointait vers le ciel, lui donnant l'allure de Polichinelle qui m'a frappé, dès le premier jour. En marchant près d'elle ce jour-là, j'ai trouvé une explication à cet automatisme : sans doute a-t-elle porté de lourdes lunettes solaires genre « star de cinéma » à un moment de sa croissance où les montures toujours un peu grandes glissaient de son nez, et c'est pour éviter de les perdre qu'elle relève ainsi le menton, redressant l'arête nasale à l'horizontale, à la manière d'un museau ou d'une corne.

Tout se passa suivant la prédiction que je me faisais intérieurement. Alors que nous avions franchi le dernier palier, au moment où nous allions nous heurter à la créature qui semblait vouloir nous barrer la route, Eva émit un petit bruit de reconnaissance et les dents de la femme masquée de noir apparurent plus franchement. Les importants vestiges de beauté que l'inconnue portait sur elle avec une prestance de matador s'allumèrent à notre contact. La sobriété ricanante des retrouvailles, un rituel de confrérie que je connais bien, me confirma la datation de leur amitié. Je revis l'*Eva* qu'on m'avait présentée au tout début, au restaurant chinois, se restaurer devant moi. Elle prend dans ces moments une majesté d'infante, ou même d'infant, car les caractères sexuels s'effacent aussitôt que cette étonnante confrérie se retrouve en compagnie, une allure de roi de Rome, d'Aiglon, entre Sarah Bernhardt et les rockers fantômes. Je pense aussi à un de ces Louis XVII qui auraient survécu à la Terreur, Naundorff ou autre.

J'étais d'autant plus sensible à cette transformation que je ne reconnaissais pas du tout la créature brune, à la taille cambrée de danseuse espagnole. Sur les marches de Montmartre, en vue de la basilique qui pointait derrière sa masse blanche, neigeuse, morbide, le petit tableau qui se formait devant moi m'évoquait un Goya de contrebande, un hispanisant 1900 qui sentait la Butte, un Sert miniature pour cabaret. Le visage de l'inconnue m'en rappelait dix autres, tous beaux, tous apparentés, mais elle me paraissait d'un moule un peu antérieur, un peu plus rare. Le nom qu'Eva me cita lorsqu'elle nous présenta m'évoquait de lointaines conversations avec de jeunes mortes enterrées depuis plus de trente ans. Je retrouvai l'impression qui était la mienne enfant lorsque j'inspectais les pages de garde de mes Tintin, cherchant dans la galerie des personnages qui s'y trouvent accrochés sur fond bleu des têtes que je ne connaissais pas et qui m'indiquaient des albums inconnus, peut-être introuvables, un monde de découvertes. Qui était cet être ? Je n'en savais rien, mais mille signes m'indiquaient qu'elle avait occupé une position et qu'elle était l'aînée d'Eva, tout en lui marquant sans trop de relief une légère dévotion.

*

Hier soir, à la campagne, je buvais du vin devant la cheminée pendant qu'Eva, tout à sa personnalité ménagère, était occupée à cuire un bœuf à la bourguignonne pour dix-huit convives, j'essayais de me rappeler le nom qu'elle avait donné à cet être. Quelque chose comme Fury, Lury ou Lieury. En même temps, je lisais un recueil d'Apollinaire, *Calligrammes*, dans un volume de la NRF qui se déchire en lambeaux alors que la plupart des pages ne sont pas coupées. Je me heurtai au mot *Lucifer*. Mû par une sorte d'éclair inspirateur, je me levai, me dirigeai vers ma table et inscrivis sur une carte postale ramenée de Tokyo, illustrée d'une peinture du treizième siècle représentant un petit singe rouge et gris à l'air pensif :

> C'était Lucifer !
> Souviens-toi, rue Gabrielle
> Souviens-toi du septième ciel.

Constatant en comptant sur mes doigts que le poème était bancal, sept pieds pour le premier, huit pour le second, je m'efforçai de trouver mieux, mais en vain.

La promenade à Montmartre m'avait laissé une impression durable. Le genre de moment dont je me dis, parfois à tort : je m'en souviendrai toujours. Ces instants, cette heure d'une trivialité éclatante qui sortait absolument de la routine et trouvait écho dans d'autres souvenirs déjà très anciens, m'avaient donné le sentiment d'avoir retrouvé enfin cette forme de légèreté, une évaporation propice à l'alliance, à l'alliage de deux êtres. C'était comme si *Eva* m'avait rapproché d'Eva, permettant à nos deux natures de se confondre. Je l'ai dit déjà plusieurs fois, mon égoïsme empêchait depuis dix ans tout partage autre que physique ou littéraire. Non que j'aie toujours montré autant de réserve, bien au contraire. Avant, c'était autre chose, par paresse, par timidité je préférais me confier à une femme que de m'efforcer seul à rendre mes impressions. Plutôt parler des journées entières à une seule femme que travailler. Et là encore je n'étais pas complet, car je m'acharnais à séduire l'autre, à l'accaparer, et ce pouvoir très grand, cet empire que j'arrivais à prendre se limitait à la seule personne que j'avais choisie. Aussitôt que je me trouvais en public confronté à d'autres qui pouvaient avoir des liens ou des connivences avec l'élue, je me renfermais dans une sauvagerie jalouse, hésitant entre le silence et les apartés indélicats, donnant dans ce travers que les mémorialistes du dix-huitième siècle, Laclos ou Mme de Boigne, dont un volume de souvenirs traînait ce soir à mes pieds sur le tapis non loin du feu, moquent sous l'expression «attitude de pensionnaire». Mes dix ans d'excès, la liberté de me répandre m'ont dépouillé de ce ridicule. J'y avais gagné dans mon art, mais perdu en sensibilité. En me mariant avec Eva, j'avais peur au début de retomber dans mes gaucheries d'autrefois et de ne plus arriver à écrire parce que je donnerais trop à l'intimité. L'écriture d'*Eva*, ce travail d'élaboration d'une figure romanesque à partir d'une figure vivante que j'avais d'abord élaborée une première fois comme un personnage romanesque avant de la retrouver en réalité, me débarrassait de cette impression désagréable qui me prenait naguère lorsque l'objet de mes préoccupations me paraissait s'échapper de mon influence.

Je me débattais depuis plusieurs jours à définir l'impression que m'avait faite la femme de la rue Gabrielle, celle qui, en nous cueillant à la descente de l'escalier, avait achevé, à tous les sens du terme, couronnant et éteignant, comme une mouchette sur une bougie, ce moment d'élection, cette étrange circulation entre le petit être qui marchait près de moi, cet inconnu, *Eva,* et mon secret le plus intime. J'y attachai une importance excessive par rapport au peu de portée de la rencontre, je craignais de me heurter à un de ces blocages maniéristes qui cassent parfois mes visions, me détournent du but général… puis soudain, l'éclair ! Un petit poème fait à mon ancien goût, dans la joie rapide que me procure ce genre de griffonnage.

Il n'était pas parfait, toutefois. Un autre soir de juin, de retour à l'appartement du quartier Saint-

Pierre, j'ai entendu ou j'ai cru entendre des enfants, des fillettes vivant dans un logis du rez-de-chaussée qui criaient dans la cour : « Qu'on lui coupe la tête, qu'on lui coupe la tête » et alors j'ai trouvé la manière d'arranger le poème bancal :

> C'était Lucifer !
> Souviens-toi, rue Gabrielle
> Souviens-toi de l'autre ciel.

J'étais gêné par l'expression « septième ciel », qui me semblait facile et attachée à des mythologies étrangères. Les « Qu'on lui coupe la tête ! » résonnant dans la cour chauffée du soleil de juin m'inspirèrent – pourquoi ? – cet *autre ciel*, image euphorique de l'enfer, celui de la religion, de la marelle, du théâtre ou du cirque.

Souvent, quand je croise d'anciens amis d'Eva, ses compagnons de parade, les rescapés de l'ancien régime, ceux qui l'ont connue enfant ou jeune adolescente, j'ai la sensation d'être jaugé ; une inquisition qui pourrait être désobligeante si elle ne s'accompagnait en même temps d'un genre d'égard contraire. La forme particulière d'attachement qu'Eva a fait naître durant son long passage dans ce demi-monde de la nuit, cette *scène* nocturne, celle de ses premiers succès, par son très jeune âge et la violence de son destin, un genre d'affection comparable à l'amitié de confrérie qui unit les enfants de la balle, rejaillit sur moi. Je suis celui qui prend soin de la petite, j'ai charge d'âme. On ne m'envie pas toujours, mais on me respecte pour ça. Je vois à certaines remarques, à des regards, à des moues que la confrérie des narcisses apprécie le travail de restauration qu'Eva a accompli en moins d'un an sous mon influence, les quinze kilos perdus, le corps remodelé par les exercices, le lifting facial qui lui a rendu un masque lisse et juvénile, agrandissant ses merveilleux yeux gris, les jolies boucles de poupée qu'elle modèle à nouveau à l'aide de fers et de gros bigoudis. Un ami champion cycliste dirait d'elle qu'elle est «au taquet». Un peu comme un boxeur qu'on s'apprête à faire remonter sur le ring, une trapéziste qui a repris l'entraînement, une actrice qu'on avait crue finie et qui revient pour un triomphe. La preuve : elle a ressorti ses robes de bal 1950 qui ne lui allaient plus, ses extravagantes tenues de scène piochées depuis plus de quarante ans dans les friperies ou volées dans les boutiques de luxe. L'appartement de Montmartre ressemble à une échoppe des Puces ou à un magasin d'accessoires ; l'éternelle malle-valise que nous traînons partout avec nous à chaque déplacement, comme un couple d'artistes de cabaret, témoigne de cette tournée permanente. C'est reparti. «En avant comme avant !», dirait Eva pour rire.

La danseuse de flamenco de la rue Gabrielle ne s'y trompait pas. Son sourire sans regard, qui lui donnait l'allure d'un masque mexicain égaré loin de la fête des morts, évoquait le souvenir d'autres fêtes passées qu'avait réveillé la présence blonde à mes côtés. On a tant ri, tant dansé, qu'au fond – dans l'arrière-monde, dans les arrière-boutiques du souvenir – la fête continue, on rit, on danse, on dansera toujours.

Parfois, quand je sors danser avec Eva, ou même seulement en soirée, quand nous ne nous enivrons pas au point de nous disputer ou de casser la vaisselle, les soirs heureux, quand la chimie de nos humeurs produit le bon précipité, j'ai la certitude qu'une seule nuit se reforme au-dessus de nos têtes, un autre ciel, unissant les redoutes terribles de 1794, la galope de la fin du Second Empire, les soirs de bouges ou de cabarets 1900, le Montparnasse de Zelda Fitzgerald, le Raspoutine de la comtesse Tchernycheff, le Saint-Tropez de Françoise Sagan ou de Brigitte Bardot. Eva porte en elle, dans la caresse de ses cheveux blonds, toutes les attentes qui furent les miennes entre treize et dix-sept ans, l'époque même où elle se produisait enfant, sur les banquettes de la Coupole ou de Saint-Germain à moins de trois cents mètres de ma chambre. Elle a connu ce que j'ai rêvé et ne l'a renié qu'en apparence. Il suffit qu'une musique lui plaise, que l'alcool ou la drogue soient bien dosés et le cabaret de l'Enfer rouvre ses portes. Oubliée la cinéaste sérieuse aux bras de bouchère et aux yeux tristes des interviews de *Paris Match*, retrouvée l'«enfance volée», malgré le mélo des journalistes, le diable blond se réveille et des cris stridents ne tardent pas à se faire entendre.

Enfant, comme beaucoup d'autres enfants, j'ai rêvé de partir sur les routes avec un cirque. La plus proche amie de ma mère était dompteuse de fauves chez les Bouglione. Par une curieuse coïncidence, maman et Catherine B. s'étaient rencontrées au cours de danse de caractère d'Irina Grjebina et de sa sœur Lya dite «Lala», cours qu'a fréquenté Eva et avant elle une autre Irina. Irina Ionesco, danseuse nue à Pigalle et future photographe, la femme qui a paré et vendu sa fille comme une artiste de chez Barnum, une vedette du *carny circuit*.

On a parfois dit beaucoup de mal des images – littéraires, j'entends. L'une d'entre elles, dans la foison que lève cette simple scène d'escalier parisien transformée en revue, me permet de faire surgir une nouvelle apparition, une nouvelle jeune fille, un autre avatar antérieur à Eva, moins appliquée que la Pegeen du baladin irlandais ou la Danoise du couvent. Elle ne se tient pas assise à une table, elle ne lit pas, peut-être n'a-t-elle jamais ouvert d'autres livres que ceux de l'école par correspondance que la loi française impose aux enfants de la balle, elle porte des vêtements de scène, un de ces habits de lumière, perlés et festonnés de paillettes plus joyeuses que des œillets de copies à rendre. Elle se tient debout à quelques mètres de moi sur le sable de la piste, un muret rouge et or nous sépare. L'infini. Au ciel noir brillent les échelles, les anneaux, les trapèzes, un filet plus clément que celui du gladiateur la préservera peut-être de l'accident, à la fin du numéro, après le saut de l'ange. Elle lève les bras pour me saluer sans jamais me voir, imitant avec une prestesse de petit singe sa sœur, sa mère, ses tantes dont les aisselles rasées brillent de sueur dans la nuit violente. L'orchestre joue. Le tambour va bientôt rouler, avant que son frère, son père, son cousin ou une quelconque pièce rapportée, qui porte à la scène le même nom italien qu'elle, accomplisse dans un silence de mort la figure la plus difficile, en général un double ou triple saut périlleux, marquant la fin du numéro, les bravos, la retombée de la famille d'oiseaux sur le sol.

*

La halle Saint-Pierre, coincée sous la butte de Montmartre, ressemble à un chapiteau qu'on aurait planté en bas d'une crique. Ce pavillon à la Baltard, coiffé d'un chapeau vitré, est décoré, à l'occasion d'une exposition sur l'art brut, de fausses peaux de singe accrochées en façade. Comme ceux du cirque Medrano que j'ai fréquenté dans mon enfance, ses abords sentent l'urine, l'âcre acétone des pissats. Ceux des touristes et non des lions ou des éléphants, mais qu'importe. Si j'imagine qu'une fanfare œuvrée par une de ces associations montmartroises un peu ridicules se fasse entendre sur les escaliers environnants, mélodiant les cris d'appel des dealers africains installés sur les bancs du square Louise-Michel en vigie des carrières murées où se cachaient les communards, l'illusion d'un chapiteau imaginaire pourrait se surimprimer quelques instants sur le réel. Voilà déjà quelques jours que juin est fini. En ce début d'été, la soirée que je viens d'évoquer appartient déjà au passé, au même monde désormais que la lointaine enfance d'Eva ou que la mienne, et les deux silhouettes que ma mémoire voit marcher à l'ombre presque nocturne des rares rochers parisiens, à l'angle de la rue Charles-Nodier, ces deux silhouettes dont nous différons tous les deux déjà plus par quelques infinis détails appartiennent au monde des ombres où elles vont s'effacer, s'enfonçant, passé la rue Cazotte, dans la rue André-del-Sarte, ce peintre discret aux couleurs éteintes dont la manière grise a enchanté les heures passées au Louvre, certains matins quand j'étais seul, avant Eva.

Le crépuscule s'achève. Nous montons l'escalier de l'ancien couvent dont les fenêtres à linteau arrondi, toutes plus ou moins tordues par les mouvements de terrain typiques du quartier, ouvrent sur une cour rectangulaire. Quatre globes montés en potence éclairent les quatre escaliers symétriques indiqués par un lettrage au pochoir. Le pavage, ni vieux ni récent, datant des années 1930 ou 1940 est orné d'un discret motif religieux rappelant l'usage ancien de l'édifice. Des croix romaines noires, posées en quinconce. Je ne peux regarder ce pavé, cette cour vide, dont aucune plante ne vient flouter la parisienne et mortuaire géométrie, sans penser aux idées de mort d'Eva. À mesure que nous montons, le surplomb de l'escalier, qui court sur l'arrondi des fenêtres, renforce la présence de ce sol tendu, dressé. Ce vide semble attendre quelqu'un. Ce qu'Eva m'a dit au début sur ses vertiges suicidaires ne m'a jamais quitté parce qu'ils ne la quittent jamais. Ce soir-là, ce soir passé, déjà mort, l'enchantement de la promenade, à la fois partagé et distinct, chacun au fond marchant dans l'impénétrable solitude de l'être, le plaisir lui-même n'étant comme dans l'amour qu'une brève illusion de communauté, cet enchantement perdure pourtant. Eva est si droite, il y a en elle une exigence si abrupte, surhumaine d'amour que le plaisir ne redescend pas aussi vite. Il continue et transforme. Je sais ce qui va se passer quand la porte de l'appartement sera refermée. Je vais m'asseoir dans un canapé, boire, trouver une ivresse d'autant plus facile qu'il fait chaud et qu'elle a été retardée par la promenade. Eva disparaîtra dans la penderie où est serré dans le plus grand désordre un nombre infini de tenues, de colifichets, de chaussures à talons hauts, et le défilé va commencer. C'est dire qu'une femme toujours différente et toujours semblable, comme une fillette déguisée ou une actrice, va surgir du placard, se planter devant un énorme miroir de bistrot, se regarder tour à tour avec les yeux d'un être naïf qui voit son reflet pour la première fois ou la jauge perçante d'une vieille et redoutable costumière, et demander une approbation qui n'est qu'une manière de solliciter mon attention, de m'empêcher de faire autre chose, de lire par exemple plus qu'un réel questionnement. Je peux entendre, dans cette cérémonie si charmante, l'écho d'anciens plaisirs qui durent être bien vifs quand *Eva* était enfant. Je n'ai vu personne jouer à ce jeu avec un abandon d'autant plus rassurant qu'il est absolu et que le goût du personnage a la fermeté tranquille, le même œil que j'ai pour la littérature, fruit d'années et d'années de répétitions et d'entraînement. Parfois les tenues sont invraisemblables, parfois elles sont affreusement tachées, mitées, les boutons arrachés, les ajustements improbables, parfois elles répandent une odeur de moisi, car on est allé les chercher dans plusieurs caves qu'Eva possède dans l'immeuble, parfois ce sont de somptueuses pièces couture neuves, parfois des breloques de cirque ou de patineuse artistique. Si mon approbation tarde à venir, Eva la sollicite, si je la donne trop tôt ou d'un ton qui ne lui convient pas elle recommence sa question avec une patience de dresseuse, avant de me contredire brutalement ou d'adhérer de manière surprenante à mes moqueries. La compagnie des homosexuels, compagnie dont elle a profité dès le jardin d'enfants, l'a prémunie contre cette gravité pataude, ce sérieux au bord des larmes que les femmes infligent parfois à ceux qui les suivent dans leur vestiaire. Le fait qu'on se soit beaucoup foutu d'elle l'a bien carrossée pour l'exercice. L'absence d'enjeu, il n'y a pas de dîner ou de soirée derrière, à peine quelques verres de vin pris plus tard en tête à tête sur la table en bois, donne à ces petites cérémonies qui se prolongent souvent longtemps dans la soirée beaucoup de légèreté.

Le défilé s'agrémente parfois d'impudicités, marques d'une excitation montée trop vite à l'occasion d'une trouvaille particulièrement réussie, une sorte de coup de chaud qui peut l'amener à se rouler par terre, à montrer ses fesses, ou au contraire signe d'une usure de l'humeur, d'une légère dépression, prémices à un onanisme avorté, une plante maladive et carnivore, *lilium langoureux* qui voudrait repousser là où il s'épanouissait sous l'œil d'un autre partenaire, il y a bien longtemps. Eva, qui ne répugne pas toujours à confisquer le vocabulaire de la psychologie qu'elle interdit aux autres, m'a confié que ces séances d'essayage avaient toujours eu lieu, sa vie durant, quotidiennement, en l'absence de témoin et parfois même à une fréquence telle qu'elle les tenait pour un trouble obsessionnel compulsif. Ma présence désamorce la dérive morbide, la tombée dans le n'importe quoi, le placard devenu trou horrible, le froid du miroir ou la fenêtre, l'œil d'Irina, le baiser de la mort, le faux reflet d'*Eva*.

On sait que les insomnies sont propices aux divagations. Il m'est arrivé, il y a déjà quelques mois, durant une nuit d'hiver, d'imaginer ranger les souvenirs reconstitués d'*Eva*, à la vérité non pas ceux que j'ai déjà évoqués, mais d'autres plus anciens, plus bizarres, en moins bon état de conservation, se reportant à l'époque des nus photographiques, dans une boîte imaginaire, un objet mental. À cette boîte j'avais donné une forme, celle d'un cylindre de bois à peu près du diamètre et de la profondeur de ces boîtes à film qui s'accumulent dans les réserves des cinémathèques. J'imaginais ce tiers de carton à chapeau, ce double de moule à tarte en bois d'ébène ou en écaille de tortue, orné d'une figure de fillette modern style à longs cheveux sculptée en ivoire. Des motifs secondaires de nacre ou de cartisane brodée de fil d'argent auraient dessiné le contour suivant des modèles inspirés de l'astrologie et des vieux emblèmes, soleil, lune, constellations zodiacales, tête de mort. Dans cet objet serré au fond de moi-même, restaurable à chaque instant suivant les processus électriques de la mémoire, j'aurais rangé ces trouvailles de marché aux puces, ces souvenirs récupérés, ces fragments étiquetés avec soin. Ma fantaisie m'a occupé plusieurs heures, moins qu'il n'en serait nécessaire pour

124

fabriquer l'objet réel, mais plus qu'il n'en aurait fallu à un voyageur de nuit pour se rendormir. Les cheveux blonds de mon modèle qui dormait près de moi et dont je sentais la chaleur vivante et le souffle, la boîte de gâteaux bretons pleine de vieux papiers que j'avais laissée dans une autre pièce de la maison se mêlaient dans cet état de semi-délire aux étranges histoires que m'avait racontées Eva. Il est des êtres en qui souffle un certain esprit, une inspiration propre, une charge qui ne leur est pas étrangère mais qu'ils ne dominent pas non plus tout à fait, même s'ils sont complices de la plupart des enchantements qu'ils procurent. Cette essence inhumaine s'affirme parfois au cours de leur existence par des manifestations physiques : lévitation, polyglottisme, ubiquité, émanation d'odeurs, phosphorescence. Eva m'a raconté à plusieurs reprises qu'enfant il lui était arrivé pendant son sommeil de devenir phosphorescente. Son corps aurait dégagé de la lumière un peu comme ces vers luisants que je ramassais dans le Tarn près du couvent où m'est apparue la petite Pegeen. Sa grand-mère roumaine, après avoir observé ce phénomène, l'aurait emmenée chez un désenvoûteur. J'ai guetté pendant mes insomnies, mais je n'ai rien vu de semblable.

La croyance profonde d'Eva en la magie, la pratique qu'elle en fit à plusieurs périodes de sa vie, entre autres au cours d'épisodes délirants, mais pas seulement, cette croyance m'intimide car elle m'est étrangère. Lorsqu'elle part dans ce genre d'étrangetés, je la regarde s'éloigner de moi. Je la vois rajeunir et vieillir à la fois, grandir et rapetisser, je vois s'incarner en elle d'autres instances, des croyances éteintes depuis longtemps. Elles m'inquiètent mais lui donnent le charme de certains contes venus des ghettos d'Europe de l'Est, que je ne connais que par le reflet trouble du romantisme allemand et des nouvelles d'Achim von Arnim. Je pense aux *Héritiers du majorat*, et à la jeune Juive sorcière, fille de drapier que le héros aperçoit derrière la fenêtre allumée d'une maison moyenâgeuse à la nuit tombée. Un abîme les sépare.

Les bobines que resserre ma boîte imaginaire évoquent de manière imagée et naïve ce ballet des diables, ces sabbats auxquels la petite poupée des photographies d'Irina Ionesco fut initiée. Je ne crois pas que je les raconterai tous ici, seulement une ou deux histoires peut-être, car les autres appartiennent à Eva. C'est son secret, son fond mystérieux, cette part très intime d'elle-même, plus intime que l'âme selon certaines sagesses.

À dix-neuf ans je n'imaginais pas qu'on puisse vivre et rester élégant. Une maxime célèbre d'Henri de Régnier : *Vivre avilit*, est écrite de ma changeante main de jeune homme dans un cahier de l'époque, noir évidemment. À quarante ans, je n'avais pas changé d'idée, en témoigne cette passion funèbre, *macabre* aurait dit un ami suicidé, pour Babsi, la petite morte berlinoise. Lorsque j'ai commencé d'écrire mon premier livre, un soir de l'hiver 2001, en pensant à Babsi, à *Eva* et aux filles de la nuit, je croyais parler à des mortes, sans savoir qu'une flamme qu'on a cherché à éteindre, peut-être parce qu'elle a bien voulu s'éteindre, qu'elle s'est montrée docile aux forces contraires, peut survivre et s'animer des souffles hostiles qui l'ont fait danser, se coucher et remonter vers le haut. Il est des ivresses qui durent. La folie, ou plutôt cet état voisin du délire, son antidote, que j'appelle surnarcissisme, en est une, et des plus tenaces.

Le premier film dont je me souvienne est *Sunset Boulevard*, de Billy Wilder, vu un soir à Massaguel, dans le Tarn, près du couvent de mon enfance, en compagnie de maman et de deux vieilles filles, Berthe et Marguerite, sur un poste de télévision en noir et blanc, un de ces gros téléviseurs à écran bombé, verdâtre, carrossé de bois plaqué nanti sur la droite d'un volet qui se fermait à clef pour éviter que les enfants ne jouent à l'allumer.

Cette histoire de folle démodée vivant dans un espace vampirique ouvert sur le soleil et les palmiers à haut bouquet du boulevard du Crépuscule m'a fasciné de manière si durable que ma vision du monde et tout mon avenir en ont été marqués, chiffrés même, brûlés comme l'épaule de Milady, personnage d'Alexandre Dumas, autre fascination amoureuse de ma jeunesse. L'ironie du cinéaste, assez lourde, une pâtisserie de la Mitteleuropa, m'avait échappé. Moi seul, enfant devant ce gros poste de télévision, avec pour toute compagnie la très belle femme qu'était ma mère à l'époque et deux demoiselles d'un autre temps, j'épousais tout à fait les vues de Norma Desmond, c'est-à-dire de Gloria Swanson. Il y a des satires qui grandissent l'objet superbe de leurs moqueries. La *Vie de Caligula* de Suétone, les magiciennes d'Apulée, certaines figures de Dante, quelques crayons du Saint-Simon nocturne, mieux que tout le romantisme noir à la Byron, trop délibéré, dessinent à mes yeux la couronne du Vampire, le blason modern style et griffu dans quoi Sarah Bernhardt a voulu s'enfermer.

Le magasin des accessoires de l'époque du muet : éventails en plumes d'autruche, peaux de léopard, mobiliers à franges, tapisseries et glaces biscornues n'est qu'un héritage du théâtre fin de siècle tel qu'il se jouait sur les estrades californiennes à l'époque de la ruée vers l'or. Je crois que ma fascination pour les premiers films de Charlot ou ceux de Mack Sennett tient pour beaucoup au mobilier, aux maquillages, au clair-obscur à la Dracula où les pitres s'agitent. La première fois que j'ai vu une photo de Proust, moustachu aux yeux charbonneux, j'ai cru qu'il s'agissait de Charlot. Je n'ai jamais pu tout à fait départager les parures d'Oriane de Guermantes de celles de Norma Talmadge, de Mae Murray ou de Theda Bara, les ombres du Faubourg de celles de Sunset Blvd.

Dans ce salon bourgeois où la pénombre de mi-août descendait, laissant briller les lumières noires et argentées de ce fascinant objet qui contenait cette fascinante poupée aux allures de chauve-souris, j'ai connu un de ces moments alchimiques où le goût se forme. On était juste avant 1970, j'en suis sûr, car au moins une des personnes présentes dans la pièce ce soir-là, Berthe, je crois, mourut avant la décennie qui allait me voir devenir adulte et à ses tout derniers jours croiser mon destin sous la forme d'une petite fille maquillée.

Les correspondances mystérieuses qui existent entre une conscience enfantine et des modes dont elle ignore tout n'ont jamais été trop étudiées. Ce tact esthétique s'attrape, je crois, au contact de la rue, il faut être parisien, londonien ou new-yorkais de naissance pour l'acquérir pleinement, à l'âge qui compte le plus. C'est en effet dans ces années-là, juste avant 1970, qu'à Londres, à New York et à Paris, sans doute sous l'influence des travestis et du goût hippie pour l'éclairage à la bougie et la récupération de vieux tissus, robes de grand-mère, dentelles et jupons chinés aux Puces, allaient naître le style kitsch et la mode rétro inventée, entre autres, par Ossie Clark.

À Paris, certaines femmes, un de ces groupes dont les agrégats marquent à peine l'histoire, se réunissaient à la nuit tombée à Montparnasse à l'enseigne de la Coupole dans ce bar-restaurant-dancing à l'américaine aujourd'hui dévalué mais qui marquait encore à l'époque les souvenirs d'autres bandes, en particulier celle des Fitzgerald, et de cette Zelda dont la première biographie monumentale, *Zelda*, venait de sortir aux États-Unis. Certaines de ces femmes portaient une chevelure rousse, frisée, allant en s'évasant sur les épaules, cette coupe « diamant » qu'une créatrice de mode a illustrée jusqu'à l'écœurement.

Vêtues de robes de soie 1940, de combinaisons 1900, de mitaines de dentelle, de chaussures à talons bobines, les jambes parfois gainées de ces bas à rayures que le dessinateur Hans Bellmer a forcé ses petites amoureuses à revêtir pour se livrer à la débauche, le visage caché sous des voilettes, les lèvres peintes en rouge sanglant, les yeux fardés de violet charbonneux à la Casati ou à la Bijou, on les voyait jusque tard en compagnie d'une étrange fillette, leur mascotte, leur chef-d'œuvre, leur victime et le bourreau des autres clients de la brasserie, que certains naïfs, trompés par ses obscénités et les trous de sa dentition de lait, prenaient pour une naine édentée. Parfois une voix rauque à l'accent d'Europe centrale tentait de rappeler à l'ordre le petit monstre qui se roulait par terre, relevait ses jupes, montrait des fesses festonnées de jarretelles noires, plongeait le nez dans les assiettes ou tirait la langue à des gens célèbres quand elle ne lançait pas un de ses fameux hurlements de bébé loup-garou parce qu'on lui avait refusé une pomme frite.

*

Mercredi 27 septembre 1972. – Exposition de photographies d'Elliott Erwitt (…) Une petite fille jouait à cache-cache entre les panneaux : sa robe très courte en velours noir sur des collants rose chair, un diadème dans les cheveux, les lèvres peintes – son rire inquiétant montrait que plusieurs dents lui manquent – une naine ?

Quarante ans avant Thadée Klossowski, Mae West et W.C. Fields avaient déjà accusé leur jeune rivale Shirley Temple d'être une naine. Antonin Artaud l'injuriait pendant les séances de cinéma. Cette Shirley Temple dont la petite Eva Ionesco, la fausse naine de 1972, fléau de la rue de Buci, des galeries d'art érotique et de la boutique Biba à Londres, portait, dans une longueur sublimée, les boucles blondes formées au fer qu'on appelle des *anglaises.* Le culte que vouèrent les mères de famille du monde occidental à Shirley Temple et le désir auto-érotique qu'elles nourrissaient de voir la petite poupée de chair qu'elles avaient enfantée lui ressembler ont désorienté plus de destins qu'on ne l'imagine. À commencer par celui d'Eva Ionesco, enfant-star et inspiratrice d'une autre figure plus mineure et plus lisse du cinéma pédophile américain : la Brooke Shields du *Pretty Baby* de Louis Malle.

*

Irène Ionesco, dont le certificat de naissance repose sur ma table de travail au moment où j'écris son nom, est née le 3 septembre 1930 à zéro heure cinq, de Marguerite Ionesco, seize ans, sans profession, domiciliée 237, rue de Charenton, et d'un père inconnu, ou plutôt trop bien connu de l'adolescente en question, puisqu'il s'agit de son propre géniteur. C'est l'épouse de cet homme, et donc la grand-mère d'Irina, la mère de la femme qui lui donna la vie et fut en même temps sa sœur, qui élèvera sa petite fille, boulevard Soult, dans ce douzième arrondissement de Paris non loin de la porte Dorée où elle semble vivre toujours aujourd'hui. Marguerite, la mère-sœur d'Irène Ionesco, tante et grand-mère d'Eva, connut un destin violent, digne d'un prénom faustien, qui l'a conduite dans la concession française de Shanghai où elle avait suivi un propriétaire de maison de jeu qui la répudia : elle s'était fait stériliser à dix-huit ans pour ne plus avoir d'autre enfant que celui de l'inceste. Elle émigra plus tard en Californie et plus exactement à San Francisco, où elle se remaria et finit par se suicider en engouffrant sa tête dans le four d'une cuisinière à gaz. Mode opératoire hautement symbolique qu'Eva Ionesco allait reproduire bien des années plus tard, dans l'usine où elle vivait seule à Aubervilliers, à l'occasion d'une de ses dernières tentatives de suicide, au début des années 2000.

Les dieux pervers qui présidèrent à la curieuse carrière d'Eva et d'Irina Ionesco, ce couple d'artistes hors nature qui allait exercer avec succès l'art du scandale et de l'allégorie macabre entre 1971 et 1977, avaient préparé leur venue, leur généalogie ressemble à celles des vieux mythes païens et des légendes les plus troubles de l'Antiquité et du folklore. Eva m'a souvent affirmé que ses origines familiales plus russes que roumaines, juives peut-être – Ionesco est un faux nom –, la rattachaient au milieu des dresseurs de chevaux et des trapézistes de cirque. Du côté du père fantôme d'Eva, Nicolas, très jeune soldat des troupes d'élite de Himmler et, comme son ancien maître, imprégné de spiritisme, d'ésotérisme et de magie noire, c'est vers la Hongrie et les comtes Estherazy que le généalogiste doit porter son enquête.

Relisant ce qui précède, les fils de ma narration me semblent soudain emmêlés. La syntaxe de mes phrases, ou plutôt leur construction, peine à rendre compte de l'ordre chronologique et des liens qui unissent les divers membres de la famille de cirque et de tragédie dont l'alias théâtral est *Ionesco*. On ne sait plus où trouver les pères ou même leurs cadavres, et la multiplication des mères donne l'impression de ces toiles abandonnées ou plusieurs mues successives du même animal, sèches et grises comme les plumes d'autruche et certains velours cuits trop longtemps à la lumière, dépouilles légères qui ressemblent à des accessoires, des éventails brisés, des morceaux de corset ou d'armature, mais aussi à des victimes de leur propre toile, araignées autophages digérées et abandonnées aux quatre coins du large voile distendu, comme autant de gardiens prêts à bondir mais qui ne bougent plus, sauf au souffle de l'air qui dérange leur ouvrage sans les réveiller tout à fait.

Le fil de la métaphore circule ici en ronds concentriques comme ces roues païennes qui prétendent annoncer l'avenir mais ne font que répéter quelque vieux rite nourri de sang, d'inceste et de sacrifice. L'inceste interdit à l'être l'accès au temps linéaire, l'histoire ne peut que recommencer, se tisser en cercles concentriques, soit en s'étiolant, donnant des avatars de plus en plus morbides et pâles, soit au contraire en s'entre-dévorant, une des figures du même cannibalisant les autres, comme certains sujets énormes qui naissent soudain au centre des mues surgissent et se réfugient dans l'ombre alors qu'on croyait l'ouvrage abandonné.

Longtemps, c'est Irina Ionesco qui prétendit occuper cette place au centre de la toile, ou plutôt dans un angle obscur de l'Est parisien, une de ces caches résillées où se plaisent les arachnides.

Une mygale échappée du zoo de Vincennes voisin ? Non, une frêle jolie petite femme, un *tanagra*, dirait Eva, reprenant sans doute les propres mots de sa mère.

Ce tanagra, cette poupée d'envoûtement, répandait, selon sa fille – et là, c'est incontestablement Eva qui parle, ayant été frottée longtemps à cette odeur –, un fumet âcre de transpiration paludique, se signalait à l'attention par une voix criarde et rauque, des jets d'urine lâchés à n'importe quel coin de rue et des bruits de biscottes mastiquées, son seul repas quotidien, ainsi qu'un autre parfum s'emmêlant comme les fils du matériel photo, les fils des résilles, des rideaux de perles de bordel, un autre parfum plus sucré, celui du haschisch de Baudelaire et de Renée Vivien fumé à longueur de temps et dont l'odeur imprégnait les moquettes noires, les rideaux, les penderies, aussi serrées et bien sûr encore plus bizarres que celles d'Eva, les robes des poupées anciennes, les bouts de chiffon divers, les armoires à poupées, les masques mortuaires qui lui servaient à construire ses allégories, les autels où elle posait les corps nus des femmes qu'elle avait attirées là et d'abord celle qu'elle avait tirée de sa propre chair, la gavant de son placenta, puis la sevrant brutalement de caresses et de nourriture pour mieux l'offrir nue, désarmée et damnée par ses mains, au couteau de la lumière tungstène 500 W, des miroirs et du regard des autres.

J'ai souvent interrogé Eva sur ces séances, je n'ai jamais pu le faire longuement. Elle ne m'en a pas laissé le loisir. Nous n'étions pas à jeun, j'ai oublié certains détails. Le pivot principal du face-à-face était un grand miroir. Il n'opposait pas Eva à une seule femme qui se laissait voir, même en partie cachée par l'appareillage, mais Eva à cette femme et à soi-même, ou plutôt à cette autre *Eva*, le reflet qu'elle pouvait détailler dans la glace au mercure que la photographe avait placée de manière qu'elle s'y vérifie. Le seul indice de la présence d'une autre, de cette corruptrice qui la poussait à ces jeux auto-érotiques que les parents ordinaires interdisent à leurs enfants ou, du moins, dont ils limitent l'usage, était la lumière éblouissante d'un unique projecteur. Un jour que j'avais porté une vieille mandarine de cinéma dans mon bureau du premier étage pour éclairer un coin sombre, un fatras où je cherchais des bouquins, Eva m'obligea à l'éteindre et à ressortir l'objet de la maison.

Les séances commençaient habillée et se terminaient nue, jambes écartées. Les planches-contacts en témoignent. Eva s'est servie de ces pièces à conviction dans la procédure qui l'oppose à Irina Ionesco pour prouver qu'il ne s'agissait pas d'un travail délibéré que l'enfant de cinq à dix ans aurait accepté, mais d'une dérive progressive, qu'on est tenté de définir suivant les termes démodés d'une loi ancienne comme une *incitation des mineurs à la débauche*. Qu'une petite fille aime à montrer son sexe n'a rien d'extraordinaire, qu'elle soit incitée à le faire, laissée libre de le faire alors qu'elle est observée comme une des victimes littéraires de Sade par une ou plusieurs personnes invisibles, et qu'elle se découvre ensuite dans des journaux, des livres ou même, à onze ans, sur le boulevard extérieur, non loin de son école, dans la montre d'un marchand de journaux, elle risque d'en souffrir, et peut-être d'en perdre la raison.

Dolmancé en rirait, certains amis d'Irina aussi. Rien de plus drôle qu'une petite fille qui souffre d'être souillée, rien de plus excitant aussi, et si par bonheur son tempérament s'éveille, qu'elle prend plaisir elle aussi à ces jeux et qu'elle en devient folle, voire qu'elle se tue, alors là c'est merveille. Mieux encore, que de cette descente au caveau remontent des œuvres d'art, souvent belles, que ces œuvres se vendent, un peu partout dans le monde, jusqu'en Chine ou en Amérique latine, offrant à toutes les convoitises le corps de la victime, année après année au cours d'un long et voluptueux supplice de quarante ans, et ce sont des litres de foutre et de sang qui peuvent se répandre dans certaines confréries et jusque dans les foyers les plus honnêtes, grâce à des expositions, des catalogues de ventes aux enchères.

D'Irina sa mère, *Eva* m'a dit un jour très froidement : « Quand elle mourra je lui souhaite d'être enculée par le diable. » Sade y trouverait son compte.

Le Temple de Satan, livre du sorcier lorrain Stanislas de Guaïta, l'ami de Barrès est un des rares héritages de ma belle-mère que nous possédions, avec toutefois quelques très jolis objets offerts à sa fille, car l'auteur de *Temple aux miroirs* a du goût, de la générosité et a toujours offert à Eva d'intéressants cadeaux. La cruauté n'exclut pas l'affection, le souci, une certaine forme de passion amoureuse, même si elle s'interdit la tendresse.

Le bon goût préserve-t-il de la folie ? Le succès rend-il plus fort ? Les aliénés persévèrent dans des travaux épuisants mais manquent souvent du tact utile à tout esthétisme. Ce n'est pas le défaut d'Irina Ionesco, ce ne fut pas le cas durant ces années-là, qui furent aussi des années de formation. La participation d'Eva aux travaux très raisonnés d'Irina, le choix des robes, l'élaboration des coiffures, des maquillages, l'immersion de sa propre nature à l'intérieur d'une composition artificielle sont la principale forme d'éducation qu'a reçue l'enfant de cette femme qui ne put être autrement une mère, et qui affirme dans un livre de Mémoires intitulé *L'Œil de la poupée* n'avoir elle-même jamais prononcé le mot « maman ».

C'est beaucoup. Les traces de cette éducation, de cette intelligence entre les deux femmes, sont innombrables, et ses effets bénéfiques. Que les instituteurs immoraux apprennent parfois plus à l'objet qu'ils convoitent ou dont ils jouent que d'autres pédagogues mieux lunés est une vérité oubliée depuis trente ans, les amis d'Irina n'ayant pas eu de disciples. La corruption est une initiation. Elle recèle le don d'un savoir, une transmission. Que cet apprentissage soit aussi celui du ressentiment, voilà une vérité non négligeable.

Avant de se la faire piquer par l'Assistance publique puis de la pourchasser des années durant avec cette passion sans retour des corrupteurs qui ont laissé filer leur victime, Irina enseigna aussi à Eva le mépris téméraire des lois, le vol à l'étalage, la haute estime de l'art, la technique du scandale, la drogue et quelques durs principes de bordel concernant les hommes, sur quoi Eva s'appuie toujours dans ses colères. J'y trouve, mêlées à des éléments sadiens ou surréalistes, des traces du féminisme des années 1970, des morceaux de Germaine Greer ou de Kate Millet – je pense en particulier à *La Cave* cet épouvantable roman de mœurs adapté d'un fait divers, très supérieur au *Dalhia Noir,* dans quoi une mère livre sa fille mineure à la prostitution après lui avoir gravé au fer sur les seins : « I am a whore and I like it. »

*

Les deux procès qu'Eva fit à sa mère, à cette partie d'elle-même devenue « adverse », lui ont été reprochés souvent par ses amis et les esthètes de notre entourage. J'avoue que j'ai été triste, voilà quelques semaines, quand nous avons appris que la brigade des mineurs avait saisi dans le vieil antre du boulevard Soult tous les négatifs des fameux portraits et que certains, non publiés, risquaient d'être détruits, qu'Eva le souhaite ou non, car ils tombent sous le coup d'une loi réprimant la pornographie enfantine. La joie d'Eva était si grande, si forte, si barbare que je n'ai pu que m'incliner devant un tel mouvement. Bien au-delà du désir de contrôler des images ou d'une légitime colère, je crois discerner dans cette émotion iconoclaste un principe intime, le noyau de feu de tout rapport d'inspiration.

Une littérature, celle d'Edgar Poe traduite par Baudelaire, pourrait rendre cette nocturne de magie et de haine. De Ligeia, de Lady Usher ou de l'héroïne du *Portrait ovale*, Eva Ionesco possède des traits majeurs. D'où ces yeux fascinants aux lueurs vermiculaires. C'est le seul être vivant qui m'a donné à voir dans la vie ce que la littérature romantique ou la peinture de Fuseli a pris des vieux mythes de l'Antiquité. Plus d'un an d'observation ne m'a pas détrompé, et le travail que nous accomplissons tous les jours, autant que sa vie onirique, incessante et toujours claire, ne cesse de fournir les preuves d'une fantaisie et d'une imagination qu'un long flirt avec la folie n'a pas réussi à délabrer. Il y a des seins qui résistent à tous les poignards, des amours interdites qui se nourrissent de sang.

Cette nuit, je me suis levé pour aller retrouver un mort, écrire un article de commande, un portrait de Jacques de Bascher, le Fersen du café de Flore. En remontant dans la chambre après une ou deux heures de travail, me glissant dans le lit, je retrouvai l'*Eva* que je préfère, peut-être parce qu'elle me fait frissonner. L'*Eva* somnambule se blottit contre moi et me dit d'une petite voix revenue de ténèbres lointaines : « Ça remue dans le panier des chats. » Phrase que l'autre Eva avait oubliée le lendemain quand je lui posai la question.

Incapable de me rendormir, j'ai rouvert, en la forçant car elle est coincée, comme le sont souvent les trouvailles de marché aux Puces, la boîte imaginaire, le grand bobinot modern style où j'ai rangé ses histoires d'enfant, et j'ai inventorié, les yeux clos sur la lumière intérieure, celle du rêve, les trésors qu'elle contient. Je vis tourner le motif de la fillette aux cheveux d'ivoire, les figures zodiacales et la tête de mort en cartisane surmontée de deux tibias croisés brodés en fil d'argent, symboles d'alerte et de vanité.

À l'intérieur, emballés avec délicatesse, scellés d'une pastille adhésive comme ces gâteaux espagnols qu'on achète à Madrid ou à Séville dans des *paste-*

lerías désuètes, se baladent quelques objets circulaires, ressemblant à des gros jetons de casino ou bien à des bobines de film huit millimètres qu'on aurait voulu protéger du soleil. Les pastilles déjà jaunies, dont certaines rebiquent sur les bords, portent toutes une inscription délavée écrite au crayon, ainsi qu'une image minuscule. Chacune titre et illustre le contenu de mes rêveries lentement élaborées comme une bandelette d'embaumeur ou une feuille de réglisse autour d'une noix sucrée poivrée de souvenirs empruntés à la vie d'*Eva*. Voici celles qui me reviennent à l'esprit ce matin :

Histoire du cimetière
et des jumelles de l'Albert Hall

Emballage de papier noir illustré d'un collage à la Marx Ernst. Une mère et sa fille habillées dans des toilettes d'autrefois et coiffées de voiles sombres comme des femmes en grand deuil observent d'un balcon avec une jumelle de théâtre la vaste étendue d'un cimetière où s'agitent divers ectoplasmes. Une lune à la Méliès illumine cette nocturne.

Les bijoux de Sarah Bernhardt
ou le fantôme de Prague

Emballage de papier zinzolin illustré de trois minuscules vignettes représentant en gravure une série de bijoux zoomorphes ayant appartenu à la grande Sarah.

Histoire du petit chat d'Ibiza

Emballage de papier de couleur vieil os illustré d'une minuscule photographie en couleur figurant un chaton. La photographie Kodachrome semble avoir été prélevée sur un calendrier des Postes miniature, de style «mobilier de poupée».

Le manteau de singe, une visite rue de Buci

Emballage de papier tabac illustré d'une vignette représentant en noir et blanc à la façon des couvertures de *Radar* ou de *Qui ? Police* une femme en manteau de singe agressée par un chimpanzé de grande taille sous les yeux rieurs d'une autre femme nue et d'une petite fille en robe à smocks et coiffure à l'anglaise.

Amours contre nature
avec un cochon d'Inde nommé Stanislas

Emballage de papier taupe illustré d'un collage à la Marx Ernst. Une petite fille coiffée à l'anglaise et vêtue d'une paire de bas noirs qui ouvre les jambes aux caresses d'un cochon d'Inde géant découpé dans une gravure d'échelle supérieure.

La fillette couronnée de San Francisco

Emballage de papier rose indien illustré d'une vignette illustrée représentant dans un style pop psychédélique 1970 une petite fille en larmes et coiffée d'une couronne et porteuse d'un sceptre. L'enfant assise seule à l'arrière d'un taxi jaune est conduite par un chauffeur nègre rieur.

Les griffes de Satan

Emballage de papier couleur feu illustré d'une vignette à la Fuseli représentant une jeune fille nue se réveillant sur un lit défait le corps zébré de griffures alors qu'un diable zoomorphe à figure de cauchemar s'envole par la fenêtre.

Je cède à la tentation d'attaquer la bobine la plus

longue, la plus récente à l'intrigue parfois obscure, ralentie par des digressions, mais dont l'argument influença durablement la formation d'Eva Ionesco.

Le petit chat d'Ibiza

Argument : Eva, une toute jeune fille de onze ans et sa mère vont boire de l'alcool et danser dans les boîtes du bord de mer. C'est le dernier jour des vacances. Au cours de la soirée, Eva apprend de la bouche de sa mère que son père est mort depuis un an, assassiné. Quelques jours plus tôt, Eva a recueilli un petit chat qu'elle considère comme son seul ami. De peur qu'on le lui enlève dans l'avion, Eva va donner au chaton un médicament pour qu'il dorme, un hypnotique puissant. Arrivée à Paris, Eva découvre que son seul ami est mort. Pour la consoler, sa mère lui propose de poser en photographie, nue avec un crâne humain entre les jambes.

*

Port d'Ibiza, 1976 ; apparaissent deux silhouettes excentriques. La plus grande, à peine un mètre soixante, lippue, décolorée et frangée en baguettes blondes, encombrées de dentelles et de colifichets, se laisse traîner par la plus petite, une grande enfant de onze ans qui en paraît quatorze, en robe de dentelle blanche et bottes western rouge et blanc, bronzée et maquillée. Malgré l'heure et leur lien de parenté, elles ont bu de l'alcool et dansé comme des filles saoules dans une nouvelle de Georges Bataille. La plus jeune, surtout, car l'aînée ne danse pas trop, ne boit pas trop, se contentant de couver l'autre de ses yeux

143

noirs. La cadette tient en laisse près de ses cheveux blonds lâchés qui lui descendent vers la taille un chaton, un de ces félins de petite taille, rachitiques, qui hantent les cimetières des Baléares. Au bar, la plus âgée dévide d'un sac en papier kraft une petite boîte de carton vert et blanc contenant deux plaquettes de gélules pharmaceutiques.

L'effort de réalisme, le travail sur le motif m'ont permis de retrouver, en interrogeant Eva, la robe de dentelle blanche et les bottes de cow-boy taille 36 qu'elle portait encore quelques mois après, sur un cliché de reportage réalisé à l'occasion d'une exposition (*News Reporter* n° 12, mars 1977, p. 32). J'ai dû corriger la coiffure de la mère que j'imaginais, la première fois qu'Eva me raconta l'histoire, frisée comme à l'ordinaire, mais qui était ici lissée artificiellement par l'usage du sèche-cheveux, un culte ignicole et fétichiste que j'ai vu Eva reconduire telle une vestale fidèle dans toutes les chambres où nous avons dormi et fait l'amour. Ce travail de préparation m'imposait de chercher des photographies du port d'Ibiza en 1976, afin de reconstituer la pérégrination des deux femmes. Je n'ai pas retrouvé la pharmacie où elles avaient acheté cette boîte de médicaments, un hypnotique utilisé à l'époque par les toxicomanes et retiré des tableaux au début des années 1980 : le Mandrax. Sous ce nom de magicien, sous cette cape, sous cette moustache de mélodrame, sous le vert de l'emballage se cache un poison qui est au cœur du drame qui se prépare malgré la lumière d'été finissant, les dentelles, le rire de la petite jouant avec le chaton.

C'est Irina qui a insisté pour acheter ce médicament, avec l'inquiétude des imaginatifs, des obsédés. Le désir de mort, si présent dans les images argentiques qu'elle élabore, se traduit, dans le domaine profane de la lumière quotidienne, par un excès de scrupules, une crainte permanente de perdre les objets ou qu'un accident se produise. L'anxiété, la maladresse, la peur abusive de s'être fait voler ou d'avoir perdu ce qu'on chérit poussent ce genre de nerveux à provoquer, comme par malice, les catastrophes redoutées. Eva, sa fille, en reproduit encore quarante ans après, fidèlement, tous ces travers.

L'enfant doit entrer en sixième au lycée dans quelques jours, elle insiste pour ramener à Paris le chaton, cadeau d'une familière du couple. Qui ? On ne sait plus, l'ex-call-girl Xaviera Hollander, ou alors une certaine Rosalba, autre compagnie d'Irina, vendeuse de vêtements d'occasion.

« C'était mon seul ami, le premier, car ma mère m'interdisait de fréquenter les autres enfants, qu'elle trouvait ploucs. » Il est vrai qu'Eva est la seule personne de ma connaissance qui n'a jamais été plouc.

Eva et Irina partageaient cette année-là une *finca* du côté des Salinas, mais Irina étant trop peureuse pour préserver leur intimité – une timidité que l'exercice de la magie noire n'avait qu'aggravée –, un ami homosexuel s'était joint à elles. Curieux cerbère, d'après les souvenirs d'Eva – « Il avait peur des gros papillons de nuit et n'arrêtait pas de pousser des hurlements. »

Pour m'aider dans mon travail, Eva m'a montré hier matin une photo de cet été-là. Une banale photo de vacances qu'on dirait tirée de n'importe quel

145

album d'une enfance de 1976. Elle l'a cherchée sur Internet et l'a trouvée au milieu de documents postés quelques jours plus tôt dont elle ignorait l'existence, des clichés mal scannés d'un journal pornographique espagnol, des photogrammes tirés de *Maladolescenza*, ce film X que sa mère lui fit tourner en Italie quelque temps avant cet été 1976. Eva a l'air beaucoup plus jeune, un bébé joufflu, et son sexe qu'on aperçoit nettement sur les clichés est à ce moment encore imberbe.

– « À Ibiza, j'avais des poils. » Le portrait d'Ibiza, a priori si banal, prend à cette mauvaise compagnie une étrangeté fascinante. L'araignée de fantasmagorie que j'ai décrite plus haut, image stéréotypée d'une féminité dévoratrice, s'est absentée de cette photo simple et lumineuse, montrant une mère et sa fille qui se ressemblent et paraissent nourrir l'une à l'égard de l'autre une affection naturelle.

*

Eva a bougé dans son sommeil. Pour refréner la dérive de mon insomnie qui m'éloigne des Baléares et des deux femmes, je contemple dans ma boîte imaginaire le timbre d'emballage d'une autre bobine plus ancienne, un des fameux portraits d'*Eva* enfant. Elle tient sur son ventre nu une couronne de fleurs blanches comme des boules de neige qui lui donne la tournure d'une communiante aux yeux cernés ou de l'effigie d'une enfant morte dans une nécropole palermitaine. Le regard d'une transparence grisâtre est inchangé, le même qu'elle porte sur moi tous les jours. Il émane d'elle une trouble impureté antique, celle de l'hermaphrodite Borghèse ou d'une petite prêtresse barbare de Priape aimée de Marcel Schwob. Elle semble avoir traversé les siècles depuis les ruelles de Subure à cheval sur un poney aux yeux de cauchemar, c'est l'incarnation même de la jeune Pannychis, que j'ai tant aimée quand j'avais dix-huit ans et que je lisais le *Satiricon* sur un banc des Tuileries.

> Perdis-tu ton Giton, Pannychis ?
> Ton Giton couleur de pain d'épices.

Une de mes premières ambitions littéraires fut d'écrire la description d'un tableau, à la manière antique du bouclier d'Achille, un tableautin d'alcôve, un bas-relief en stuc ou un grand camée noir représentant les noces de Giton et de Pannychis telles qu'elles sont célébrées dans un bordel au début du livre de Pétrone. À y repenser dans mon demi-sommeil, je me dis qu'il aurait pu sceller l'emballage d'une de ces bobines.

*

Je poursuis ces pages en plein mois de juillet en pays grec, à Marseille, où nous sommes descendus quelques jours. Sur le port près des grands voiliers de plaisance, sous un soleil à la Claude Lorrain, j'ai assisté à un spectacle ordinaire. La lumière de fin de journée ressemblait, en plus jaune, en moins orangé, à celle d'Ibiza en 1976, une jeune fille d'origine turque, ingrate suivant les canons de la mode actuelle, les hanches déjà lourdes malgré ses douze ou treize ans, la lèvre ornée d'un léger duvet, le sourcil en barre sombre à la Delacroix, s'est assise sur une borne de pierre, soudain j'ai vu s'illuminer ce visage maussade de miniature trop agrandie, la jeune fille s'ouvrir comme une rose. En tournant la tête, j'ai découvert une femme du même type plus âgée, sa mère sans nul doute, en train de la photographier.

Quoi de plus commun que le désir d'une très jeune fille d'attirer l'attention et de quêter l'approbation du regard de sa mère, de s'offrir à la lampe de son amour ? User de ce penchant ordinaire à des fins perverses, le révéler puis le gauchir, le raffiner, l'orner de motifs nécrophores ou sadiques, le dévoyer en un rituel sexuel, en cérémonie onaniste et réussir à œuvrer si bien dans cette perversité qu'elle en devienne un très fascinant objet d'art, est le résultat d'un processus alchimique singulier qui ne se reproduira jamais. Il fallait l'inceste – le mal familial des Ionesco, il fallut Shirley Temple et la jeunesse solitaire d'Irène entourée de poupées, il fallut les femmes-enfants des années 1950-1960 et leurs sœurs dévoyées les nymphettes des années 1970, chantées par Serge Gainsbourg, dont David Hamilton donna à la même époque une version *poster* plus commerciale, plus floue, moins trouble, il fallut la mode rétro, il fallut la libéralité sans lendemain des mœurs des années 1970, les paradoxes anti-œdipiens et fouriéristes du second féminisme, l'expérience du vice acquise à Pigalle quand Irina Ionesco fut danseuse nue au Tabarin, l'influence sadienne de la dernière exposition surréaliste et les avancées techniques des Japonais en matière de boîtier Reflex pour que ce phénomène unique qui eut pour nom *Eva* se produise et soit célébré. Il fallait aussi le génie d'un être, ou plutôt de deux êtres, car si l'impulsion, le désordre vint d'Irina, il est sûr à mes yeux que l'inspiration venait d'Eva ; vieille inspiration, vieux charme nymphique remontant à l'Antiquité païenne, à Pannychis, à Myrto, à Callirhoé, à Drusilla, dont Toulet dans *La Jeune Fille verte* et Nabokov dans *Lolita* ont eu l'intuition et dont Irina Ionesco fut le révélateur, en bonne photographe, c'est-à-dire en bon esprit *négatif.*

J'ai visité à Tokyo au printemps dernier une boutique d'appareils photo d'occasion où tous ces luxueux objets d'autrefois étaient serrés dans d'étroites vitrines comme des bouts de vases dans un musée archéologique à Athènes ou au Caire. Les plus beaux, les plus lourds remontaient au début des années 1960, c'étaient des Nikon F première génération, l'arme du crime.

Quel plaisir dut trouver une femme de petite taille, très menue, de gagner de l'argent liquide, du « cash », comme on commençait à dire – six cents ou sept cents francs par tirage à une époque où un employé de banque gagnait mille francs par mois –, en maniant ce Nikon F, gros objet soigneusement manufacturé, lourd comme une arme de gangster, ou certains olisbos africains utilisés dans les rites initiatiques. Mieux qu'un théâtre d'ombres chinoises ou une maison de poupée, cet appareil sophistiqué, viril, que lui avait offert un de ses amants, lui permit de retrouver dans l'intimité de son deux-pièces-cuisine un plaisir rassurant oublié depuis l'enfance. Le monde de terreur dans lequel elle vivait – aux menaces extérieures les plus ordinaires venant s'ajouter certaines peurs ataviques ou nerveuses – elle le domine, le restreint ou l'encadre, y plaçant au centre ce double d'elle-même, cette poupée vivante, drôle et sublime, qu'elle aime habiller et dénuder. En se laissant entraîner, la poupée magique à qui elle prête une puissance d'envoûtement venue des forces obscures qu'elle a convoquées, l'inspire et, peut-être le croit-elle, la pousse à aller de plus en plus loin dans la noirceur. Les premiers succès, l'effet d'aspiration que font naître les désirs multiples qu'elle suscite en montrant puis en vendant ses photos durcissent chez elle une sorte de joie orgueilleuse, un corps caverneux qui ne tient plus compte des êtres; une forme d'orgueil créateur qui est d'abord une forme de cruauté. Cet endurcissement profite aussi de l'accoutumance, la perversion est une drogue qui pousse l'adepte à se charger de plus en plus, à pousser l'avantage de plus en plus loin. Sa fille, Eva, devenue objet de mode scandaleux, n'est plus vraiment sa fille mais *Eva*, fille de la mode rétro et de l'érotisme noir pédéraste, que Mandiargues partage amoureusement avec Bellmer. Un goût de midinette pour la mode, un amour d'orpheline pour la poupée et ses lectures vite dévorées ont produit un fétiche dont elle est fière.

Un souci encombre ce bel arrangement : l'autre Eva survit à *Eva* et les deux êtres mal scindés, le merveilleux fétiche qu'elle a reconstruit et la grande fillette indisciplinée, le *mauvais objet*, comme l'écrivit le psychiatre légiste convoqué par l'Assistance publique, qu'il faut bien supporter vivent de concert sous sa gouverne. Une lourde charge pour une femme seule, rendue fébrile et paresseuse par la drogue, le paludisme et le succès, d'autant plus inquiète et impuissante devant la vie matérielle qu'elle ne gagne pas assez d'argent pour vivre, comme elle le voudrait, une vie d'esthète du dix-neuvième siècle.

L'erreur qu'elle a commise, qui passe aujourd'hui pour une monstruosité supplémentaire, mais qui l'affaiblit à l'époque et renforce Eva, est d'avoir prêté, ou plutôt loué, pour ne pas dire vendu, *Eva* à des amateurs. En sortant de la chambre aux miroirs, l'enfant s'est émancipée, a attrapé de mauvaises habitudes, ses résistances ont gagné du nerf. À force d'être prostituée par sa mère, sous l'influence néfaste d'autres individualités perverses, harcelée par le regard des gens normaux, elle est devenue raisonneuse, insolente, brutale, volontiers moqueuse ou sacrilège des visées artistiques de sa mère. Les excellentes facultés d'intelligence de la préadolescente, une dureté naturelle héritée de ses origines tatares, l'hermaphrodisme mental propre à certains êtres puissamment organisés, sa violence de fille de bordel aiguisée par la rivalité que les psychologues connaissent bien entre la mère et la fille conduisent l'ancienne complice à se poser de plus en plus en adversaire.

*

On entend souvent du grabuge dans la *finca* des Salinas cet été 1976. Chaque jour des scènes violentes mettent aux prises la photographe et son modèle. Dès l'heure du café turc qu'Irina prépare dans une cassolette de métal émaillé et qu'elle agrémente de quelques biscottes, on entend hurler l'autre partie, ce sont moqueries, sarcasmes, menaces... Eva se montre volontiers caustique à l'égard des habitudes alimentaires d'Irina, de la pauvreté de sa vie sentimentale ou de son hygiène, de sa sudation et de ses pratiques urinaires. Elle prend plaisir à interrompre

151

sa mère quand Irina se lance, après une première cigarette de haschisch, dans un plaidoyer esthétique visant à vanter la qualité de son travail et l'admiration générale qu'il suscite. Eva lui dit : « Ta gueule ! » traite sa mère de « vieille pute », de « connasse », elle lui répète qu'elle en a « marre d'entendre parler de ses photos de merde » et qu'elle va « se jeter sous une voiture » pour que celle-là « aille enfin en taule ». Irina se lamente sur le peu de sensibilité artistique de sa fille, sur son caractère « destructeur ». À quoi Eva rétorque en hurlant ou avec cette froideur mauvaise qu'elle m'inflige encore parfois qu'Irina l'a vendue « à des salauds pour financer son lifting », une opération dont l'enfant juge le résultat dans un jargon argotique attrapé sur les manèges de la foire du Trône : « immondaresse ». Seul le bain – une trempette pour Irina qui ne sait pas nager –, la lecture d'Alexandre Dumas et de Georges Bataille, les jeux parfois cruels avec le petit chat ou une de ses innombrables poupées Barbie, mais surtout le shopping dans les boutiques du port, l'absorption de liqueurs et d'alcools sucrés et la danse en discothèque, comme ce soir-là, parviennent à calmer l'enfant.

Eva m'affirme qu'elle dansa ce soir-là sur des airs de Cerrone et des Bee Gees. Je pense pouvoir y ajouter, pour la rime : Romina Power, Jennifer, Donna Summer et les fugues synthétiques de Giorgio Moroder.

La petite fille aux bottes rouges danse sur la piste déserte avec un entrain tyrannique. La boîte est plutôt minable. Irina, qui n'a pas l'habitude de boire de

152

l'alcool, s'assombrit peu à peu comme il arrive aux adultes qui se plaisent à des compagnies trop jeunes. Voilà deux mois qu'elle n'a pas travaillé, l'argent file entre ses mains et cette enfant qui grandit lui semble de plus en plus dure à tenir. Elle ressemble à la Lolita couronnée de la fin du film de Kubrick qui tient tête à son protecteur et va bientôt s'enfuir. Il semble douteux qu'il y ait beaucoup d'autres étés comme celui-ci. Il reste le succès qui monte aussi vite que la petite Eva gagne des centimètres, on dirait que le destin les a lancés l'un contre l'autre dans une fuite en avant.

Irina Ionesco ne pense qu'à son travail, ce qui favorise *Eva* lui paraît bon pour Eva et les embarras que le modèle commence à lui créer jouent comme autant de persécutions ourdies par l'extérieur. Le déni, cette arme extraordinaire du fétichiste qui lui permet de conjurer la puissance du réel sans tomber dans la démence, se recharge sur ce merveilleux regard qu'elle capte sur la pellicule argentique dans la sécurité de son studio. Quand le regard d'Eva se porte sur elle en dehors du studio, lui demandant toujours plus d'attention qu'elle ne peut en donner, il devient insupportable. Elle qui a créé tant de beauté n'a droit en retour qu'aux injures de la petite brute qu'elle a engendrée.

Voilà qu'Eva, lassée de danser seule, vient la chercher au bar, lui intimant l'ordre de lever le camp et d'aller trouver un autre bouge plus amusant ailleurs. Sourdement la petite a envie de se montrer à des hommes, et pas seulement à sa mère, ce vieux public déjà acquis. La vie l'appelle. Irina juge de son côté que les joues un peu trop pleines d'Eva, toute rouge et joyeuse d'avoir dansé, parjurent cet attrait chlorotique qui est la marque d'*Eva*. Sa légère soûlerie, en retombant, la rend méchante. Elle se souvient que c'est le dernier jour des vacances, qu'il va falloir rentrer faire les valises, une perspective accablante, comme toutes les préoccupations matérielles. Une promesse lui revient qu'elle a faite à Mamie, leur mère à toutes les deux, restée à Paris. Elle doit annoncer une très mauvaise nouvelle à l'enfant avant la fin des vacances. Elle retarde ce moment depuis un an, car elle redoute sa réaction, comme elle a peur de tout, prétextant dans son for intérieur qu'elle préserve son travail. Eva est tellement violente, elle lui paraît d'autant plus féroce que sa mauvaise conscience donne à sa fille des griffes imaginaires, ces griffes de cauchemar dont elle l'affuble parfois sur ses photos. Eva risque de devenir folle quand elle va lui dire la vérité, elle risque de ne plus l'aimer, de ne plus se laisser faire. C'est le moment qu'elle choisit pourtant, quand Eva s'empare de la laisse du petit chat, pour lui annoncer que son père est mort.

« Il a été assassiné », précise-t-elle aussitôt pour se justifier, car elle a toujours fait croire à Eva qu'il était dangereux de fréquenter cet homme, que « nous » pourrions courir un danger, mourir comme lui. Ce « nous » qu'elle utilise pour parler à Eva leur interdit toute autonomie, c'est le « nous » de l'inceste, le mélange des deux individualités. À ce « nous » Eva rétorque depuis un moment avec une ironie d'adulte : « Nous… dans l'idéal. »

Eva ne dit rien, elle regarde sa mère. Malgré la terreur d'Irina devant la réaction de l'autre, de celle qu'elle sait être une autre, malgré sa terreur, ou pour endiguer celle-ci, l'esthète remonte : le nouveau regard qu'Eva a pris en une seconde depuis qu'elle sait la mort de son père lui paraît si sublime qu'il va falloir encore monter les forces obscures du décor pour orner l'abîme gris qui s'est ouvert à ses pieds, près du petit chat qui joue avec la laisse rouge.

Le lien de cuir rouge danse devant les bottes western rouges qu'Irina a achetées à sa fille rue du Four en septembre dernier quand la petite était triste, pour se faire pardonner de l'avoir louée à un autre pornographe pendant un mois entier. Mais là aucune botte, aucun cadeau ne pourra consoler Eva, même pas le petit chat qui se roule par terre, griffant la main qui le tient pour essayer d'attirer l'attention de l'enfant sur lui.

Vingt heures plus tard, à l'aéroport, sitôt passé la douane, Eva ouvrit la boîte en osier dans quoi elles avaient enfermé le chaton après lui avoir fait avaler de force le contenu de deux gélules de Mandrax. Terrorisée à l'idée qu'on le lui confisque, avec cette impatience d'enfant que je lui connais encore aujourd'hui, Eva l'avait forcé à avaler une seconde dose d'hypnotique quelques minutes après la première, car il ne s'endormait pas assez vite. C'est une charogne déjà tiède aux yeux clos, laide comme un vieux bout de peau de lapin qu'on trouve par terre aux Puces sous la pluie. Seul le collier rouge orné d'anneaux dorés marque que cette chose terne fut chaude, vivante et choyée.

Eva n'a cessé de pleurer depuis le parking d'Orly jusqu'à la cuisine du boulevard Soult, où les relents habituels d'oignon se corrompent de l'humidité extérieure. De la pluie parisienne qui fait briller les tombes du cimetière de Saint-Maur.

Confrontée à la souffrance qu'elle appréhendait, mais qui s'est portée sur le chat, leur enfant à toutes les deux, qu'elle a tué avec son Mandrax ou, pire, qu'elle a poussé Eva à tuer avec ses inquiétudes de vieille femme hystérique, dégoûtée par le chagrin de son enfant, si violent que l'arrière-grand-mère trop affaiblie, déjà malade, désormais concentrée sur sa propre mort, ne pouvait plus la consoler, Irina ne sait qu'opposer de l'indifférence. Il n'y avait rien en elle, aucune tendresse qui pouvait servir ce mélodrame. Elle n'avait jamais embrassé sa fille, elle n'aimait pas non plus la serrer dans ses bras et elle n'allait pas commencer ce soir-là.

Le besoin de travailler ne l'a pas quittée depuis leur arrivée à Paris. Pendant toute la course du taxi, elle y a pensé en regardant onduler sous les secousses des sanglots les cheveux de la petite qui n'a pas voulu lâcher la boîte en osier et la charogne qu'elle contient. Les pleurs de l'enfant, l'atmosphère confinée de la pièce où Eva et mamie dorment, mangent et vivent, ne font qu'exciter davantage cet impératif qui la pousse à monter s'isoler dans son appartement, à retrouver ses poupées et à oublier le monde extérieur.

«Pour *nous* consoler, elle m'a proposé de poser pour elle.»

Ce n'est pas du chaton qu'Eva porte le deuil. Son regard, ce soir-là, ébloui par le projecteur de 500 watts, recelait des nuances de tristesse, une terreur d'orphelinat que la nudité ne pouvait qu'accentuer davantage. Le choix de l'accessoire, une tête de mort en plâtre posée entre les jambes ouvertes, la *totenkopf* des divisions d'élite, paraîtrait une redondance, une ironie lourde, si elle n'était pas si méchante. La subtilité réclame une sensibilité qu'ignore la photographe. Souffrir, s'intéresser, s'ouvrir au monde, c'est le rôle de l'enfant qu'elle torture en la rendant sublime. Ses plus belles photos sont les pires. C'est l'enfant poseuse et désemparée qui ordonne les colifichets dont on la pare. Que seraient les bijoux de Sarah Bernhardt photographiés dans la nuit praguoise sans le ventre nu d'Eva, sans ses yeux soulignés de cernes, comme un maquillage ou un hématome?

Le 15 octobre 1976, les pages culturelles de *Libération* s'ornent d'un article intitulé :

Une exposition de photos
Éphèbes et petits garçons

Signé par Alain Pacadis, il rend compte du vernissage d'une exposition à la galerie LopLop, spécialisée dans l'art pédéraste, située 18, rue Rollin près de la place de la Contrescarpe, dans le cinquième arrondissement. Voici un extrait de l'article :

> Les corps d'enfants sont une véritable obsession pour Negrepont, une recherche de l'image insaisissable du garçon idéal. C'est une succession de soyeuses chevelures blondes, de sexes impubères pas encore totalement formés, de membres graciles et frêles, de torses où les muscles à peine dessinés se tendent, s'arc-boutent, s'étirent, se pâment sous l'œil voyeur de l'objectif.
>
> Tel petit garçon se dénude sous les regards concupiscents d'un vieil Arabe, tel autre joue à des jeux plus que troubles avec son grand frère, tel autre enfin s'appuie contre sa moto et baisse son jean hyperserré pour mieux jouir du soleil. Les petits culs dodus miroitent entre les tas d'ordures : *How do you call your lover, boy ? I call him trash.*

À la galerie LopLop, le 4 octobre 1976, entre les cimaises de l'exposition Négrepont, un pseudonyme porté par un couple de photographes homosexuels moins vantés aujourd'hui que Pierre & Gilles, le jeune Christian Louboutin aperçut pour la première fois Eva Ionesco. « On s'est flairés, je ne crois pas qu'on se soit parlé. » Eva visitait l'exposition en compagnie d'Irina, qui préparait un accrochage sur les murs de cette galerie pour le 13 janvier 1977. Les clichés à la tête de mort pris un mois plus tôt au retour d'Ibiza et d'autres séries montrant Eva nue au milieu d'adultes feront partie de la sélection retenue par les galeristes.

La rencontre de Christian, le premier copain qu'Irina laissa pénétrer dans le sanctuaire du boulevard Soult, peut-être à cause de l'intimité de ce dernier avec Bernard Faucon, marqua pour Eva le début de la vie d'adulte.

Quinze jours plus tôt, Eva Stéphanie Nicole Ionesco fut scolarisée en sixième au lycée Paul-Valéry, un bâtiment des années 1960 que les enfants du quartier de la porte Dorée baptisaient « Orly » à cause de sa structure allongée évoquant une aérogare. Les salles de sixième se trouvaient au premier étage, Eva y fut confrontée très vite à l'hostilité de ses camarades de classe. Certaines séquences de *My Little Princess* évoquent les tourments dont elle était l'objet. Christian, qui suivait les cours de troisième, deux ou trois étages plus haut, dut souvent l'accompagner jusqu'à la porte de sa classe pour la protéger. On ne l'agressait pas frontalement, car elle faisait peur, ne serait-ce que parce qu'elle était beaucoup plus grande que les autres sixième, la haine se révélait de manière insidieuse – «Je me souviens de l'avoir consolée parce qu'on avait mis un cadavre d'animal sur sa chaise.» L'extravagance de ses tenues, le fait qu'elle soit maquillée, même légèrement, la publicité qui commençait à se faire autour des nus érotiques de sa mère à travers des publications vendues et affichées en kiosque comme *Zoom*, *Photo*, *Photo Revue* ou *Photo Reporter* durcirent de plus en plus les rapports de la jeune élève de sixième avec le monde ordinaire. Irina ne souffrait aucun compromis – «Elle n'a jamais voulu m'acheter de fournitures pour la gymnastique parce qu'elle trouvait que le sport, c'était plouc.»

Pendant sept ans, environ huit mois par an, à raison d'une séance hebdomadaire, Irina avait inlassablement photographié sa fille. Les séances avaient lieu en semaine et duraient quatre ou cinq heures. Elles commençaient vers sept heures et demie du soir et se finissaient vers minuit ou une heure du matin. Des milliers de photographies, souvent pictorialistes mais parfois brutalement pornographiques, sortirent de ces heures passées ensemble.

La première exposition publique des nus d'*Eva* avait eu lieu deux ans et demi plus tôt, le 2 avril 1974, à la galerie Nikon. Thadée Klossowski, qui avait découvert entre-temps l'identité de la fausse naine, en parle cruellement :

> *Mercredi 3 avril.* – (…) hier, je ne sais plus, Georges Pompidou est mort dans la galerie Nikon, la petite

fille obscène de cette photographe Ionesco arrachait, déchirait ses portraits.

La figure de style qui prête à la fillette de huit ans les qualités d'obscénité de sa mère révèle le regard que portait le monde, même le meilleur, le plus libéral de mœurs – et surtout le plus initié par la vie de famille aux amours enfantines –, sur Eva Ionesco. Eva n'en garde pas rigueur à Thadée, puisque c'est elle qui me le présenta lors d'un dîner que nous avons organisé en son honneur, chez Marie Beltrami, peu après la sortie de son livre.

Dans le couple artistique formé par les deux femmes depuis cette date, c'est le modèle qui supportait le poids du scandale, alors que la photographe touchait les bénéfices symboliques et matériels des œuvres. Cette situation inégale et illégale ne pouvait qu'entraîner une rupture entre les deux parties. Les tensions, déjà fortes, à en croire le journal de Thadée, vont s'accentuer jusqu'à la dernière performance publique du couple le 13 janvier 1977 chez LopLop, où le modèle de onze ans et demi fut exhibé vivant dans la vitrine, sa nudité d'enfant farouche à peine gainée de noir. La police intervint.

Quelques semaines après l'exposition de janvier éclata aux États-Unis un grave scandale mettant en cause Roman Polanski. On ne parlait pas encore de pédophilie, mais de viol de mineure. D'après le cinéaste, la mère de la plaignante avait monté un piège. Un an et demi plus tôt, en 1975, Irina, à en croire Eva, aurait combiné une machine de la même eau. « Nous avons dîné tous les trois dans l'appartement de Polanski avenue Montaigne, à un moment ma mère a disparu, mais Polanski ne m'a rien fait, il m'a juste mise en garde, me disant qu'il y avait beaucoup de crétins qui travaillaient dans le milieu du cinéma.»

Le 8 avril 1977, Eva sortait du lycée en compagnie de Christian Louboutin. Le duo découvrit sur un panneau d'affichage en bois disposé à l'extérieur d'un kiosque à journaux le numéro 1657 d'*Ici Paris*.

SCANDALEUX

La petite fille jetée en pâture aux regards des hommes

Découverte par Polanski le metteur en scène violeur

ROMAN POLANSKI VIENT D'ÊTRE INCARCÉRÉ POUR LE VIOL D'UNE FILLETTE ET, COMME PAR HASARD, C'EST LUI QUI A DÉCOUVERT LA NOUVELLE VEDETTE DU PORNO.

Des photos révoltantes

… ON L'APPELLE **BABY PORNO**

EN AMÉRIQUE ET DANS LES MILIEUX DU CINÉMA, ON A BAPTISÉ EVA IONESCO «BABY PORNO» UN JOLI SURNOM POUR UNE PETITE FILLE QUI N'A PAS ENCORE FÊTÉ SES 13 ANS !

… Et c'est sa propre mère qui les a prises !

Toute la tristesse du monde dans le regard de cette gosse !

ON CROYAIT AVOIR TOUT VU EN MATIÈRE DE VICE ET DE PORNOGRAPHIE EH BIEN NON ! LA CÉLÈBRE PHOTOGRAPHE IRINA IONESCO VIENT ENCORE DE RECULER LES LIMITES DE L'INAVOUABLE EN JETANT EN PÂTURE AUX REGARDS DES OBSÉDÉS ET DES VICIEUX L'IMAGE DE CE QU'ON CROYAIT LE PLUS SACRÉ ET LE PLUS PROTÉGÉ : LE CORPS DE SA PROPRE FILLE.

Les marchands du vice ne respectent vraiment plus rien !

IRINA IONESCO INVOQUE POUR SA DÉFENSE LE FAIT QUE DES FEMMES POSENT NUES POUR DES SCULPTEURS SANS QUE PERSONNE TROUVE CELA CHOQUANT. MAIS IL EXISTE UNE DIFFÉRENCE FONDAMENTALE ENTRE UNE FEMME-MODÈLE LIBRE DE SON CORPS ET UNE PAUVRE GAMINE QUE SES PARENTS DRESSENT À PRENDRE DES POSES SCANDALEUSES.

Ce n'était pas 13 mais 12 qu'il aurait fallu écrire. Eva allait avoir douze ans le 21 mai 1977. Cette quatrième de couverture d'un hebdomadaire tiré à plusieurs centaines de milliers d'exemplaires et lu par un public populaire que les bourgeois et les artistes qualifiaient de « concierges » constitua un cadeau d'anniversaire des plus originaux.

Un autre nu d'Eva exposé en couverture de l'hebdomadaire allemand *Der Spiegel* en mai suivant confirmera l'énorme succès de scandale de l'auteur de *Liliacées langoureuses aux parfums d'Arabie*.

La page bleu, blanc, rouge d'*Ici Paris* est ornée de sept photographies dont l'une, qui illustre le pavé consacré au surnom *Baby Porno*, montre le sexe d'Eva recouvert d'une toison pubienne déjà très fournie pour son jeune âge.

Une seule photographie ne porte pas la griffe d'Irina Ionesco, il s'agit d'un cliché représentant Eva sur les genoux de sa mère, elle a été soustraite à l'album de famille.

Louboutin se souvient qu'ils dépensèrent 2 francs 70 centimes pour acheter le journal et se rendirent dans le quartier des Halles dans l'espoir de sérigraphier une impression sur tee-shirt de la feuille à scandale. Le procédé n'étant pas encore au point en France, ils profitèrent d'un voyage à Londres pour tenter de réaliser ce travail. Hélas, le journal fut perdu dans le train. J'ai sous les yeux la photocopie d'un autre exemplaire, prise par Eva à la Bibliothèque nationale dans le cadre de la procédure qui l'oppose toujours aujourd'hui à sa mère.

Ce choc moral et esthétique fut à divers points de

vue salutaire. Dramatiser son effet en jouant les moralistes à froid est une erreur historique qui ne tient pas compte de l'esprit de l'époque et des parties en cause. Au prétexte des droits de l'enfant, la pédérastie était alors et depuis des années défendue par une partie de la gauche française. La faculté de Vincennes, certains journaux comme *Libération* ou *Le Nouvel Observateur* abritaient les utopies sadiques de René Schérer, de Tony Duvert ou de Guy Hocquenghem. Non loin de la galerie LopLop, les cinémas du Quartier latin diffusaient des films agrémentés de scènes pédophiles comme *L'Empereur Tomato Ketchup*, *Pink Narcissus* ou *Salo*, de Pier Paolo Pasolini.

Le risque était, pour une enfant compromise dans ces utopies commerciales, de continuer trop longtemps à frayer avec ceux qui jouissaient d'elle. La vieille imposture sadienne qui prône la liberté pour mieux asservir l'objet de sa concupiscence n'abusait pas la lucidité cruelle d'Eva, mais ce genre de publicité ne pouvait que nourrir le fort ressentiment, la rage qui montait en elle contre sa mère et certains de ses amis comme André Pieyre de Mandiargues ou Alain Robbe-Grillet. Robbe-Grillet, qui osa écrire d'Eva, en préface du recueil *Temple aux miroirs*, «si elle n'est pas sage, on l'enfermera dans l'armoire aux poupées mortes».

Eva Ionesco se découvrit ce matin de 1977 vedette à sensation au même titre que Roman Polanski, Mireille Mathieu, Madame Soleil ou les Sex Pistols. À côté de sa mère, que la photo de famille ne met pas en valeur, elle apparaît comme la vraie star du couple. Esthétiquement, il est évident que la maquette d'*Ici Paris,* de *France Soir* ou de *Détective* correspondait mieux que le style sérieux de la presse de gauche (*Libération* compris) aux canons esthétiques de l'époque punk. Cet alliage entre le moralisme réactionnaire du rédacteur et la pornographie des images sonne juste dans l'air frais et vif d'avril 1977. Une telle couverture donnait envie de boire de la bière Valstar bock toute l'après-midi rideaux fermés, de prendre de l'héroïne et du Fringanor et de se noyer la nuit tombée dans un enfer de guitares saturées.

L'idée d'imprimer sur un tee-shirt l'article d'*Ici Paris* est dans le vent de l'époque. Malcom McLaren ou Vivienne Westwood, qui habille toujours Eva aujourd'hui, l'aurait vantée. Quant au texte du rédacteur, aux légendes de photos, il m'apparaît ironiquement précurseur de tout ce qu'allait imaginer la presse officielle, trente ans plus tard, à la sortie de *My Little Princess.* Eva, aujourd'hui comme à l'époque, en approuve entièrement les termes. C'est d'ailleurs ce qu'elle affirma à sa mère sitôt de retour dans la cuisine du boulevard Soult ce jour-là ; on le devine, dans les termes les plus crus.

*

J'ai trouvé un écho de cette dispute familiale et esthétique dans un autre magazine que le public désignait à l'époque comme un « journal de cul », l'éphémère mensuel *Club.* Irina Ionesco avait une maîtrise brouillonne d'une carrière commencée tard et ne répugnait pas, à la différence d'autres pornographes mondains plus calculateurs, comme Robert

Mapplethorpe, à se compromettre dans des supports mal adaptés à un quelconque enjeu artistique. C'est à *Club*, et non à *Art Press* ou à *L'Œil*, qu'elle accorda en 1977 sa plus longue interview jamais publiée. Eva dénonce dans de pareils choix la «bêtise» de sa mère, doublée d'une avidité financière à très court terme. Admirée à ses premières expositions, Irina Ionesco se serait galvaudée en basculant dans le fait divers et la pornographie de bas étage.

Hormis une désinvolture aujourd'hui démodée dont sa fille Eva a prolongé parfois la tradition, on peut y déceler la preuve d'une perte d'estime de soi consécutive au franchissement des règles naturelles et, qui sait, à l'obsession du mal et de la déchéance de ceux qui se croient liés par un pacte avec Satan. Le rapport d'un légiste du tribunal commissionné à l'époque par la DDASS note que, dans ses travaux, dont il juge la valeur esthétique incontestable, la photographe ne parvient pas à la «sublimation» mais reste enfermée dans la gaine de la «perversion», suivant les termes de la psychologie freudienne. Perversion ou perversité? Le goût sans frein d'une publicité de scandale est lié à la pratique luciférienne, je l'ai rencontré en étudiant les derniers moments de Jayne Mansfield. Le *witchcraft* s'accommode bien du *white trash*.

Une autre explication plus bénigne viendrait en comparant Irina Ionesco à des artistes bruts comme Pierre Molinier ou Clovis Trouille, qui eux-mêmes ne répugnèrent jamais à d'étranges inventions publicitaires les apparentant davantage à des farceurs ou à des fous qu'aux méticuleux provocateurs, aux dadaïstes bourgeois pour galeries new-yorkaises ou

FRAC de province que l'art contemporain inflige aux musées depuis le début des années 1980. Le fait qu'elle soit une femme et une mère dénaturée justifierait le rejet sournois dont Irina Ionesco fut l'objet depuis ces années-là de la part des musées et des instances officielles. L'idéologie postmoderne est une prison et on sait le sort réservé en pénitentiaire aux mères désignées comme des bourreaux d'enfant.

L'interview donnée à *Club* en avril 1977 ne manque pas de charme. J'y perçois amoureusement la présence physique d'Eva dans les marges quarante ans après. Je sens la masse charnelle de son corps et de sa délicieuse et criarde personnalité dans la prose du rédacteur, mieux, plus instantanée, plus saisie que dans les photographies d'*Eva*, l'autre Eva, la poupée, qui illustrent ces six pages. Le rédacteur, un bon journaliste, j'en ai croisé souvent dans les mauvais journaux, donne à voir par une sobre et précise description l'appartement du boulevard Soult. Une lumière printanière éclaire le bric-à-brac poussiéreux et le corps menu d'Irina à travers une robe définie comme «très transparente», mais cette opération jupons est troublée par la présence, qualifiée d'«étonnante», d'un personnage de grande taille monté sur talons hauts et vêtu avec un «modernisme agressif» qui s'avère être le fameux modèle. Je riais seul sous l'œil d'une jeune juriste effarée, dans l'étude parisienne de l'avocat d'Eva, Me Bitoun, située à quelques mètres de l'appartement de Roman Polanski, en lisant cette phrase :

> Eva crie d'une voix perçante car sa mère est en retard pour la conduire à l'école.

Aussitôt rentré, j'interrogeai Eva sur cette vieille affaire de retard à l'école et je m'attirai cette réponse, encore pleine d'amertume :

« Sûrement qu'elle n'avait pas payé la cantine, ou un truc de ce genre ! »

Connaissant Eva, je juge plutôt qu'elle cherchait à attirer l'attention sur elle tout en surveillant ce que pouvait bien manigancer « la vioque ». Après le coup d'éclat d'*Ici Paris,* elle pouvait en effet craindre le pire.

Cette jeune géante revenue du passé dans quelques lignes photocopiées d'un journal médiocre, je voudrais pouvoir la toucher, même si je sais qu'à l'époque cet être de chair, lourd, odorant, rapide, féroce, ultramoderne, ne se serait sûrement pas laissé faire comme aujourd'hui. Le mélange de trivialité et de féerie est bien rendu par le rédacteur, et j'y suis surtout si sensible qu'il revient telle la musique d'un pianola me rappeler le peignoir Fortuny et les grosses joues d'Albertine.

Peut-être l'homme qui écrivit ces lignes est-il mort, mais il est vivant pour moi à cet instant, car il a exprimé la même impression que moi à la manière rapide de ceux qui sont payés au lance-pierres par des petites publications sans lendemain, il a sauvé le caractère d'Eva et non celui d'*Eva*, sa présence carnée et surnaturelle du vol des années perdues.

Il revient d'ailleurs sans cesse sur la grande fillette agressive, après qu'elle est partie à l'école, comme quelqu'un qui a été à la fois frappé et intimidé. Aux réponses d'Irina, évasive, souvent cruelle, parfois étrangement fascinée, il oppose une insistance révélatrice à revenir sur celle qu'il a vue et qui l'a sûrement

fusillé de son mépris avec cette arrogance envers les
« craignos » qui était la sienne à l'époque.

Une seule fois Irina semble accepter l'idée que
le charme des milliers de photos d'Eva ne vient pas
d'elle, mais d'Eva :

> *Club* : Pour moi, parmi vos photos, celles qui sont le
> plus chargées d'érotisme, les plus troublantes, sont
> celles de votre fille, Eva, et cela à tous les âges. Savez-
> vous pourquoi ?
> *Irina Ionesco* : C'est inexplicable et obscur.

Inexplicable, obscur… Au contraire des intentions
qu'on lui prête pour échapper à l'accusation de pornographie, la photographe n'est pas une intellectuelle,
non plus une esthète raffinée. Elle l'avoue elle-même
avec une sincérité qui marque sa bonne foi d'autodidacte. Ses images ne jouent que d'une symbolique
assez grossière, plus proche des films d'horreur italiens que de l'iconologie maniériste. Les accessoires
qu'elle utilise, avec leur aspect toc et kitsch, s'accom-
modent bien d'un grain charbonneux qui évoque
l'atmosphère de films gothiques giallo comme *La
Maschera del Demonio*, des œuvres de Jean Rollin, ou,
au mieux, le Von Sternberg le plus carrossé de trame
apparente, celui de *Woman Is a Devil* ; on pense aussi
à l'épate foraine des décors du Styx ou de certains
cabarets de Pigalle. On est très loin des élégances
sombres mais plus discrètes, mieux définies, meilleur
genre, de Cecil Beaton ou d'Edward Steichen. Les
moyens sont médiocres, mais la prise s'avère d'une
intensité merveilleuse, car elle regarde avec une attention amoureuse l'autre, l'objet :

inexplicable, obscur

170

À côté de cette femme qui parle d'elle avec une insolence très datée de la fin des années 1970, on sent, grâce au journaliste – dans le *grain de la voix* aurait-on dit à l'époque de cette longue interview bâclée, le bâclage ressuscite les objets mystérieux mieux qu'une langue trop maîtrisée –, la présence de l'autre partie du couple, *l'inexplicable, l'obscur objet du désir*, l'« esprit » au sens spirite du terme, la « charge ». D'une matière très différente qu'un être humain ordinaire respire l'objet obscur, celui de mon livre, *Eva*, et des photographies de jadis. C'est l'objet de mon désir qui criait déjà ce jour-là dans les couloirs du boulevard Soult, quelque part sur le seuil, hors du champ de l'interview, comme il lui arrive encore aujourd'hui de vociférer quand je téléphone ou que je suis occupé avec quelqu'un d'autre.

Eva n'a pas changé, c'est la même grande fillette, avec ses maladresses, ses criailleries, cette manière gauche et sexuée d'occuper l'espace, de sentir fort, de manger bruyamment, de crier sur les autres comme un enfant sauvage, de quémander les caresses, de me regarder avec toute cette tristesse soulignée voilà bientôt quarante ans par *Ici Paris*, et qui n'est peut-être qu'un leurre envahissant, une aspiration plus qu'un échange, au sens où le vampire aspire et où l'araignée suce, une présence qui cherche à vider l'espace de tout ce qui n'est pas elle, allant jusqu'à voler l'âme de ceux qui se laissent aller à la contempler. On peut la recouvrir de fétiches, la masquer, la démantibuler sous les résilles, les mantilles, les masques, la corne, les plumes, elle demeure, inexplicable, *obscure* comme l'œil affolé qui perce les meilleures compositions d'Arcimboldo ou de Cindy Sherman.

Eva m'a offert une photographie d'elle datant de l'époque de l'interview. C'est un cliché en noir et blanc de petit format (environ 9 × 5 cm). Le modèle se tient devant une fenêtre de médiocre facture typique des HLM de jadis. La lumière du soleil, celle du printemps 1977 à Paris, lumière qui m'a baigné moi aussi le même jour, la même après-midi, blanchit l'appui, le chambranle, les cheveux gaufrés et le torse brillant de la sirène. Elle portait ce jour-là, elle s'en souvient à merveille, avec sa précision de costumière en ce qui touche aux silhouettes, un ensemble doré en satin, composé d'un blouson à capuche et d'un pantalon corsaire fendu sur le mollet, Yvan & Marzia. Son corps maigre d'adolescente en pleine croissance semble coulé dans cette blancheur que les reflets du satin dessinent fortement en camaïeu. Ses pieds, de taille 36 à l'époque, sont chaussés de socquettes blanches et de sandales à brides Sacha. Cette photographie, très différente des images officielles d'Eva & Irina, ressemble à un de ces Polaroïd test d'usage dans la photographie de mode. Elle est représentative du printemps 1977 et d'un retour aux années 1950 décidé par le prêt-à-porter. En la regardant, je revois la rue de Buci de l'époque, la rue de Seine, la boutique Sacha et, dans un renfoncement, sur une palissade, les affiches noir et blanc d'un vieux film tourné par Edie Sedgwick, *Ciao Manhattan*. À côté, plus bas sur un placard noir de format magazine, une fille blonde, androgyne, archétype de la mode punk, embrasse Andy Warhol. C'est Edwige, c'est *Façade* mais je ne le sais pas encore.

Au matin du 2 janvier 2002, voilà treize ans, alors que j'avais déjà tapé en une soirée fébrile de novembre les dix premières pages de mon *Anthologie* et invoqué le personnage de Marina, je fus nommé au poste de rédacteur en chef du magazine *Cosmopolitan*.

J'avais une quarantaine de femmes de tous âges et de toutes conditions sous mes ordres, chacune était mon tyran. Les pigistes à rubrique, les journalistes extérieures, grassement payées, vieux chevaux de retour remisés dans le groupe de presse depuis des décennies, ne prêtaient aucune oreille à mes recommandations, jouaient avec les délais et dénonçaient en douce mes fautes à la direction. Seul homme à porter le titre de rédacteur en chef sur la quarantaine d'éditions internationales de *Cosmopolitan*, je n'avais que peu à faire avec d'autres hommes et ceux-là, en général attachés à des charges concrètes, comme la fabrication ou les «ressources humaines», me vouaient l'amical mépris que mériterait un gardien de harem nouvellement privé de ses attributs.

Un de mes rares pigistes masculins s'appelait Michaël DelMar. Il s'occupait et s'occupe toujours, je l'espère, des pages d'astrologie de trois des plus importants titres du groupe Marie-Claire. Les beaux noms me font rêver, surtout quand ils sentent le faux.

Michaël avait souvent besoin de «fraîche», et le principal de mon activité consistait à appuyer ses demandes d'avances auprès de ma directrice. J'y réussissais parfois, nous avions donc de bons rapports, d'autant qu'il me rendait des articles bien ficelés que je ne prenais pas la peine de relire avant de signer le bon à tirer.

Eva Ionesco, celle de 1977-1978, commença, diable blond, rose et joueur, à me tirer par les pieds cet été-là. Vingt-quatre ans plus tôt, durant un premier été passé à Paris à travailler comme garçon d'étage, j'avais découvert pour la première fois son existence, non pas sous la forme de photos érotiques, mais comme une intelligence de premier plan et une maîtresse des élégances qui m'avait ébloui à cause d'une photographie la montrant aux côtés de Salvador Dalí et surtout d'une interview, d'une *astroview*, plus exactement, rédigée par celui qui se présentait à l'époque comme l'astrologue des stars : Michaël DelMar.

C'est à la librairie La Hune, en été 1978, dans le présentoir situé au bas de l'escalier, où se rangeaient les revues d'avant-garde, que j'ai acheté deux numéros du magazine *Façade*. L'un, noir mat, vu rue de Buci un an plus tôt, représentait Edwige en compagnie d'Andy Warhol ; l'autre, bleu brillant, Salvador Dalí en compagnie d'une petite fille étrange qui me rappela aussitôt un des chocs de mon adolescence : la gamine maquillée, figure du diable qui joue au ballon avec la tête de Terence Stamp dans le court-métrage de Fellini inspiré d'une nouvelle de Poe non traduite par Baudelaire : *Toby Dammit*.

La jeune actrice s'appelait Marina Yaru, mais j'étais persuadé, en dépit des dates non concordantes, de retrouver en Eva Ionesco cette allégorie fascinante. *Marina* Yaru, c'est en découvrant ce nom ce matin, trente-cinq ans plus tard, sur le site Internet IMDb, que je me demande par quel secret hasard le nom de Marina revient aussi souvent me hanter. L'ai-je vu sur le générique ? Est-ce la raison pour laquelle je l'ai choisi avec ce soin particulier que les déchiffreurs de mythe portent à l'onomastique ? Mystère.

Dévoré en partie par les rats, le numéro 6 de *Façade* a disparu complètement dans l'incendie accidentel de mes archives au début des années 1990. Mais j'avais tant de fois lu et relu l'interview d'Eva que j'en avais gardé des souvenirs précis.

Le nom de DelMar était rattaché à ce souvenir et, dans cette période brumeuse qui marqua les prémices de mon activité littéraire et la fin d'un certain volet de mes activités journalistiques, il joua son rôle dans l'élaboration du personnage de Marina. Eva remontait de l'eau de mes souvenirs comme ces noyées hollywoodiennes ou ces sirènes portant les noms mordorés de Lamarr ou de Del Rio. Lorsque j'ai récupéré la garde des archives réunies par Eva, j'ai eu le plaisir de retrouver ce numéro 6 de *Façade* et de relire enfin les paroles d'or de celle qui allait devenir ma femme.

Si vous vous promenez avec Eva Ionesco dans les rues de votre quartier, plus jamais les commerçants ne vous regarderont de la même façon. Pour interpeller une amie, elle pousse un cri perçant ; quant à sa démarche…

Eva est un Gémeaux très solaire – autant dire qu'elle ne cherche pas à passer inaperçue – et très vénusien : sa plastique est irréprochable. Sous sa crinière gominée et son maquillage provocant, Eva, avec ses bonnes joues enfantines, garde tout de même ses petits pieds (Maud Frizon) sur la terre ferme : Mercure-Taureau…

Michaël DelMar : Eva, les Gémeaux sont réputés pour leur vivacité, leur curiosité.

Eva Ionesco : Ah ! oui, moi je m'intéresse aux gens, j'aime parler, aller au cinéma, j'adore déconner, je casse tout, je crie dans la classe, je me bagarre avec les profs. Enfin tout, quoi !

M.D. : Qu'est-ce qui vous intéresse le plus à l'école, Eva ? (amas en IX, goût pour la «philosophie»…)

E.I. : Oh, l'école… je me suis fait virer de trois lycées ces derniers mois, à cause de mon habillement (Eva porte un léger fourreau de jersey panthère, qui s'arrête à mi-cuisse sur un collant noir). Et pour absentéisme, aussi. Ma mère a fait des photos érotiques avec moi, ça a déplu à tout le monde, les élèves étaient complètement insurgés et tout, on me montrait du doigt quand j'entrais dans la classe… Cela dit, je voudrais bien aller jusqu'au bac, parce qu'on ne peut pas montrer son cul toute sa vie.

M.D. : Pour plus tard, quels sont vos objectifs ? (l'ambition du Lion).

E.I. : J'aimerais être styliste, mais pas pour des trucs dans le genre *ELLE* et tout ça – j'ai horreur, craignos ! Non, je voudrais des vêtements à mon idée : là, justement, je viens de me commander un fourreau en vinyle noir tout fendu jusqu'en haut (à Pigalle, en face de chez Jacky Jack). Ou alors être actrice de cinéma. Ça me plairait bien de travailler avec des gens comme Fassbinder, Rivette ou Schmidt… j'adore Ingrid Caven, je vais tourner avec elle… J'adore Jayne Mansfield et Diana Dors, toutes les stars platine : d'ailleurs, je vais me faire teindre dès que j'aurai touché mon fric.

M.D. : L'important amas de valeurs Taureau est garant de votre sens du matériel : ce qui n'empêche pas certains excès dus à votre nervosité (opposition Mercure-Neptune).

E.I. : Ah ! oui, je suis très nerveuse. Hier, en rentrant à sept heures du matin, je me suis disputée avec maman : comme elle menaçait de me mettre en pension, j'ai donné des coups de pied dans sa collection de têtes en cire, j'ai cassé le téléphone, les voisins criaient et ont appelé la police… Je me suis cachée sous le lit… craignos !

M.D. : Vous paraissez très avide de connaître des sensations originales, sexuelles surtout (conjonction Pluton-Uranus en Maison I).

E.I. : Oui, oui. J'adore faire l'amour sur l'autoroute (rire)… J'ai eu ma première expérience à douze ans, en tournant un porno, *Maladolescenza*, mais je n'ai pas eu le droit d'aller le voir (c'était interdit aux moins de dix-huit ans)…

M.D. : Vous gardez pourtant un certain romantisme (Vénus-Cancer).

E.I. : Oui, je suis assez tendre au fond, je rêve, je brode autour d'une parole ou d'un regard… En ce moment, je suis amoureuse de deux garçons à la fois… (Eva réfléchit un moment) et puis je rêve de faire l'amour avec un de mes profs, comme ça, juste après la classe!

M.D. : Que demandez-vous à un homme?

E.I. : Qu'il me gâte : Rolls, fourrures et tout ça. Qu'il me comprenne, qu'il soit présent mais qu'il me laisse très libre, parce que je ne serai pas toujours fidèle…

M.D. : Son aspect physique, est-ce important?

E.I. : Le contact, plutôt, parce que s'il est con, pas question. Oh! Et puis non : «S'il est con, pas question», c'est ce qu'elles disent toutes! S'il m'intéresse physiquement, je le verrai sous un angle bien particulier, bon, mais je n'en ferai pas ma vie.

M.D. : N'avez-vous pas l'impression, Eva, d'avoir un peu manqué d'un foyer uni? (Lune noire en IV, le «couteau du sacrifice» dans le domaine de la famille)

E.I. : Si, quand même, mon père est mort quand j'avais huit ans et je n'ai plus que ma grand-mère de quatre-vingt-quatre ans et ma mère qui est complètement hystérique, craignos!

M.D. : Vous l'aimez bien, votre maman, Eva?

E.I. : Oui, oui, je l'aime bien, elle est un peu craignos, grosse Bavaroise et tout, mais enfin, elle est gentille – j'arrive quand même à faire ce que je veux. Oui, je l'aime bien, ma maman…

M.D. : Vous arrive-t-il parfois de vous comporter en «petite fille sage»?

E.I. : Oui, à l'école, parfois, cartable sur le dos, ou pour accompagner maman à un vernissage. Je me démaquille complètement, j'enlève la gomina, jupe stricte et tout, je joue les petites bourgeoises… Et ça me fait marrer! J'aime quand même mieux jouer les provocantes, en short dans le métro, avec tous les loubards à mes trousses qui me pelotent et tout ça. Je hurle, craignos! mais j'adore ça... L'autre jour chez Angelina (le salon de thé à la mode sous les arcades des Tuileries), avec Pivot et tous les ringards (alerte!), je me suis mise à chanter et tout ça : ils nous ont virés. Je me suis foutue à poil et j'ai pissé, devant chez Angelina. Craignos!

Parure de la souffrance et de la solitude, le style est le signe d'une vocation. À partir du moment où on joue un rôle dans la société et les mœurs, on doit avoir autant d'exigence à l'égard de son personnage qu'un titre de noblesse impose à celui qui en hérite. À part les saints de *La Légende dorée* et les enfants-stars de Hollywood, je crois qu'il est unique qu'une fillette de moins de treize ans porte à ce point de dandysme les traits et les valeurs du caractère qu'elle s'est choisi. Peut-être n'est-ce pas unique, il y a des gens, des jeunes filles, surtout, qui élaborent très tôt le personnage qu'elles tiendront dans le monde, mais il est singulier qu'il soit enregistré avec tant d'exquises précisions.

Quand je lus l'interview d'Eva Ionesco pour la première fois, seul à Paris l'été de mes dix-huit ans, le nom de Jayne Mansfield me saisit : quelqu'un, et pas n'importe qui, voyait le monde avec les mêmes yeux que moi. À vrai dire, je sais aujourd'hui que nous étions plusieurs, mais là, à une époque où les moyens d'échange étaient réduits, surtout pour un ancien enfant de chœur de l'église Saint-Sulpice qui venait à peine de passer la Seine et de se risquer dans les Halles quelques mois plus tôt, ce nom joua le rôle d'un talisman. J'oubliai avec les années une bonne partie des propos d'Eva, mais Jayne, mais l'évocation du mini-short, le scandale chez Angelina, ainsi qu'un certain ton, une musique restèrent gravés dans ce fond de mémoire qui nourrit l'imagination, au même titre que les souvenirs d'enfance et la plus intime des œuvres d'art.

Ce n'est plus un mystère si le nom de Marina apparaît en première page de mon vieux livre, accolé au verso d'une carte postale à celui de Jayne Mansfield, arcane du tarot de mon propre destin.

> Marina, la sœur de Claude, avait disparu depuis des années. Il possédait toujours la dernière carte postale qu'il avait reçue d'elle, datée du 1er mars 1985. Elle représentait Jayne Mansfield et ses enfants avec des lions. La carte était ainsi formulée : « Tout va bien. Et toi ? Ta petite idole païenne qui te baise, Marina. »

Ce n'est qu'après coup, en relisant pour la première fois l'interview d'Eva, que j'y retrouvai avec joie, accolé à celui de Jayne, avant lui, le nom d'Ingrid Caven.

La pudeur appartenait dès cette époque à la manière d'Eva. Elle ment sur son âge car elle n'a pas tourné *Maladolescenza* à douze ans mais à dix, elle omet certains détails sur l'affaire du scandale chez Angelina, qu'Alain Pacadis, dans une chronique reprise dans *Un jeune homme chic*, vient compléter :

> Cocktail chez Angelina : je ne sais plus pourquoi c'était.
> Eva était tellement saoule qu'on s'est fait vider. Il y avait Jean d'Ormesson et Bernard Pivot qui m'a dit bonjour. « Destroy ! »

Pour justifier sa réserve et la fausse date de naissance donnée à *Façade* (21 mai 1964), Eva invoque aujourd'hui, quand je l'interroge, le désir de se trouver, grâce à cette parution, le « fiancé correct » que son trop jeune âge aurait pu éloigner. Le fait est qu'elle rencontra l'homme à la DS peu après.

L'« idole païenne », épithète accolée au nom de Marina en bas de la carte postale, me venait de plus tard et d'un poème offert à une autre. Mais il évoque en moi, au moment où je le recopie, le thème de l'*idole intérieure*, ce mythe préexistant à la rencontre qui, plus serré qu'une pantoufle de vair, permet à qui sait la lire de reconnaître l'être aimé à son empreinte.

Je ne peux pas m'empêcher de croire en relisant les mots de l'Eva d'autrefois qu'ils m'étaient adressés, comme un appel, la recherche d'un écho qui mettrait de longues années à revenir à celle à qui son destin et l'élan prématuré qui la lança dans le monde avaient offert le rôle si difficile de parler la première. Elle criait trop fort pour ma timidité à l'époque, mais ce cri resté en moi a trouvé son écho, puis, encore bien des heures plus tard, l'écho de son écho, et l'amour a pu naître, comme toujours, du souvenir.

J'ai écrit qu'Eva avait vécu un grand nombre de vies, certaines m'échappent encore. J'ai cessé de sortir aux premiers mois des années 1980, Eva continua bien des nuits encore. Elle a connu la lumière des plateaux et moi la poussière des bibliothèques. Après la DDASS et les sinistres bâtiments de pierre meulière du centre d'Orsay que nous avons évoqués dans le scénario d'*Une jeunesse dorée*, elle vécut à l'hôtel presque un an, commençant à La Louisiane pour finir dans des établissements plus modestes et moins bien fréquentés. Elle s'installa ensuite porte de Vitry, pendant des années, dans un studio dont j'ignorais tout jusqu'à ce que Christian Louboutin, qui l'a visité une ou deux fois, me dise qu'il était blanc, propre, vide de tout souvenir. «Eva s'était mise à fréquenter des gens différents, le style à se balader avec des livres dans la poche.»

Les maisons de redressement l'avaient plus ou moins débarrassée de la drogue, non de sa mère, qui prolongea un rôle pas toujours très honnête dans sa vie, mais non plus si monstrueux. C'est dans l'ambiguïté que se nichent les pièges. Eva continua de lire des livres, se détacha de sa bande, fit du théâtre avec Antoine Vitez, puis, trois ans durant, aux Amandiers de Nanterre, sous la direction de Patrice Chéreau.

Elle m'a raconté quelques aventures de cette époque, le plus souvent drôles et grivoises. Des histoires de comédienne comme j'en ai lu dans les Mémoires de Casanova ou de Goldoni.

De sa formation d'actrice dont je me désintéressais à l'époque de notre rencontre – sans doute par fétichisme –, j'ai apprécié depuis certaines reliques, en particulier des qualités de vision à distance, une géométrie dont je suis à peu près dépourvu. Dans nos travaux quotidiens, ces scénarios, ces après-midi à jouer ensemble et à nous chamailler qui n'ont jamais cessé depuis l'époque des promenades en forêt et des *Petites Filles modèles*, je me corrige un peu mieux chaque jour au contact d'une intelligence qui n'est pas la mienne, d'une tournure d'esprit très différente. Eva a su par cœur des textes que je ne lirai jamais, visité des pays que je mourrai sans connaître, traversé des angoisses et des parages dont j'ai horreur. Comme le délire, qui m'est étranger et qu'elle a bravé deux fois, à cause des amphétamines et d'un certain penchant pour l'irrationnel hérité de son père.

Nos conversations, notre conversation plutôt, qui n'a jamais tari depuis notre rencontre, me donne parfois l'agrément de ces veillées de vieux marins échoués sur des parages reculés du Pacifique dans un roman de Stevenson. Certaines techniques d'abordage se ressemblent, on a bien pillé l'un et l'autre, on a des cadavres sur la conscience, des orgies, des naufrages, mais les butins et les dix mille nuits furent différents. Toutes ces longues années qui nous séparent de notre jeunesse ne nous ont pas encombrés. Elle a plus de témérité que moi, plus de cœur peut-être, et certains coups furent violents.

Cette nuit, Eva s'est plainte de plusieurs cauchemars dont l'un où elle n'existait plus car elle était trop pauvre, on l'avait remplacée par des poupées. De mon côté, j'ai fait un autre rêve, non pas un cauchemar, mais un de ces songes insatisfaisants durant lesquels je m'efforce en vain d'arriver à un but qui m'échappe sans cesse. Je montrais à quelqu'un, dont l'identité s'est dissoute avec le réveil, le grand album-photos vert recouvert de dentelle synthétique. Je le répète, il contient des photomatons de la même famille que ceux du livre de Pierre & Gilles, mais aussi de simples portraits d'enfants pris par sa mère, des photos sans art, pas très différentes de celles que contient un album de famille ordinaire. Le même désordre y règne que dans un recueil composé à mon usage par ma mère voilà quelques années. Désordre dont un ami s'est ému, étonné de trouver des effigies de moi en nourrisson mélangées aux photos de collège ou à des clichés datant de mon mariage. Le keepsake d'Eva suit le même ordre hasardeux que mon ami avait interprété comme un refus maternel de me voir grandir ; je me méfie toujours de ce genre de commentaires, tout en en tenant compte.

Dans mon rêve, je tournais devant l'inconnu ces grandes pages jaunasses recouvertes d'une feuille de pellicule de protection, m'attardant sur des photos d'hommes, soulignant avec complaisance qu'il s'agissait d'anciens petits amis d'Eva. Puis je m'obstinais à chercher un ou deux tirages papier de grand format, libres, non protégés par le film de plastique. En vain. Je me suis réveillé avant de les retrouver. Je me souviens que j'en faisais un grand éloge à l'inconnu, lui soutenant que ces photos étaient parmi les plus belles que j'aie jamais vues.

Ces photos existent, elles ont été prises par Irina Ionesco bien après l'époque où Eva était son modèle, elles datent du début des années 1990. Elles ne sont pas si belles que je l'affirmais dans mon rêve, mais il s'en dégage une intensité douloureuse qu'un cadrage approximatif ne fait qu'accentuer. La photographe de studio s'est muée en reporter du désastre personnel de son enfant, un effondrement des sentiments et, il faut bien le dire, une sorte de martyre. Il se dégage du modèle la beauté captive, éclairante et fragile d'un poème d'André Chénier. – *Je ne veux pas mourir encore.* On se dirait à la Bastille ou dans un camp de prisonniers, il y a une porte grillagée, un sol fissuré recouvert de ces petits carreaux de ciment qui tapissent les toilettes de café ou les parloirs de prison. Sur la première photo, Eva est appuyée avec abandon sur l'épaule d'un homme moustachu qui porte une chemise blanche aux manches roulées au-dessus du coude. L'homme a l'air d'un ouvrier. Elle a posé ses mains croisées sur la cuisse de son compagnon et s'y cramponne. Elle est vêtue d'un de ces pyjamas chinois en coton bleu qu'on trouve dans les bazars, seule marque de coquetterie : un foulard noué autour de son cou. Sur l'autre photo, prise en plus gros plan, le profil d'Eva se trouve à l'avant, à peu près trois fois plus gros que celui de son compagnon qui se tient sur le même banc qu'elle, un plan incliné plutôt qu'un banc, l'air attentif et discrètement ennuyé d'un type gentil qui attend un métro ou un train qui tarde à venir. Le regard qu'elle porte vers l'extérieur gauche du cliché, l'ouest, sans doute, puisqu'un soleil de fin d'après-midi éclaire l'arête du nez, le haut du front et la pommette, ce regard perdu est souligné par un sourire qui ne signifie rien, ni joie ni peine. L'œil, éclairé par le jour et que la photographe a habilement mis en valeur, semble vide de tout espoir.

Lors d'une de nos pires disputes, Eva m'a dit : « Tu sais, tu peux me quitter, je n'ai pas peur d'être perdue, ça m'est arrivé si souvent. » Elle m'a aussi à d'autres moments parlé des nuits qu'il lui est arrivé de passer dans les abribus en banlieue alors qu'elle avait fugué d'un centre de la DDASS. Je ne peux qu'imaginer ces moments, donc les embellir. Les photos de l'époque, les photomatons, les portraits de Pierre & Gilles, ou cette effigie en robe de sirène photographiée par Peter Lindbergh pour le magazine allemand *Stern*, dont Eva possède encore un badge accroché sur la tapisserie de son appartement de Montmartre, ne rendent pas compte de ce désarroi, elles ne sont que bravades ou éclats d'une jeunesse que rien n'arrive à éteindre vraiment. En revanche, ces photographies en noir et blanc, tirées sur un papier Kodak dont la surface est à certains coins tachée d'humidité ou de colle, me font toucher ce fond-là. Ce tympan qui est au fond de chaque être, et qui marque la limite à ne pas franchir dans tout voyage, celle de la douleur et de la mort volontaire. Elle se place souvent aux environs de la trentaine, je l'ai déploré pour d'autres plus faibles qu'Eva qui en sont morts.

Ces clichés ont été pris dans une institution psychiatrique, une maison de repos située du côté de Saint-Mandé. Eva y avait été placée à la demande de sa mère après une admission d'urgence à l'hôpital Sainte-Anne, à la suite d'une tentative de suicide. Quelques jours plus tôt, après trois longues années d'intoxication aux amphétamines, elle était montée un jour de mai sur le toit d'un immeuble du dix-septième arrondissement afin de se jeter dans le vide. Ce n'était pas sa première ordalie, ni sa dernière, l'une d'entre elles, la seule dont il subsiste une trace, ces deux photographies prises par sa mère lors d'une visite. L'homme à moustache est son ami de l'époque, un acteur qu'elle allait bientôt quitter, car selon elle ils n'avaient pas grand-chose de commun. C'est de chez lui qu'elle était sortie par la fenêtre pour se jeter dans le vide. La quantité d'amphétamines qu'elle prenait à la fin était importante, une à deux boîtes par jour. L'homme n'habitait pas là à ce moment-là, il lui avait prêté son appartement, car elle ne pouvait plus supporter le studio du treizième arrondissement. Elle m'a parlé de nuits qu'elle passait sans dormir à marcher dans les rues d'Ivry. Sans doute ces souvenirs datent-ils d'alors.

Lorsque je l'ai interrogée sur ces photos hier matin, Eva a montré la discrétion ordinaire, la réticence détachée qu'elle observe dès que je m'intéresse aux angles morts de son passé. Impossible de lui tirer une date, à peine le nom de l'homme moustachu, une sobre indication de lieu, très vague, et lorsque j'ai évoqué le plan incliné sur quoi ils sont assis, ou plutôt s'appuient, elle a lâché avec une élégance lunaire : « Je crois que c'était une poubelle. »

*

Après cet épisode, Eva, sevrée des amphétamines, reprit sa vie d'actrice. Une vie plus qu'une carrière, comment nourrir des ambitions quand on porte l'encombrement d'avoir déjà tant vécu ? Elle se maria et accoucha d'un fils unique, en 1995 ; à peu près au même moment, j'ai acheté une très belle voiture ancienne que j'ai cassée depuis.

La naissance de Lukas a eu pour effet immédiat de donner à Eva quelques armes contre une Irina dont la présence lui pesait depuis longtemps. C'est alors que la femme qu'elle jugeait être devenue a commencé un combat juridique dont elle a souffert et su tirer parti. Le premier procès fut le plus difficile. Comme Jayne Mansfield et la Sainte Vierge Marie, elle avait choisi d'épouser un as de la charpente qui lui apporta, hors le joli nom de Zoon, plusieurs années durant un foyer stable et la protection qu'elle attendait. Les photos conservées d'Eva Zoon me révèlent qu'elle était ravissante, mince, avec de merveilleux seins en poire et un corps de nageuse, mais que nous ne nous serions pas entendus. Cinq années se passèrent, un lustre, puis le destin qui devait nous rapprocher se manifesta de nouveau.

Très vite, ma curiosité a été éveillée par un personnage du passé d'Eva dont j'ai tout de suite senti qu'il me plaisait. On ne peut pas faire cas de tous les anciens amants de sa femme, et j'ai tendance à écouter ma fantaisie dans cette matière comme dans beaucoup d'autres. Je me souviens d'une après-midi de printemps tout au début de notre liaison, la première semaine ou en tout cas les tout premiers jours. J'attendais Eva dans un café près de la gare du Nord.

Le café, fermé depuis, était situé au pied de ces immeubles d'une architecture austère, bourgeoise et administrative, qui font ressembler cette partie du dixième arrondissement élevée par la SNCF au quartier des Grands Magasins. Eva m'y rejoignit et nous bûmes de la bière en copains avec cette bonne insouciance quasi virile qui marqua les premiers moments de notre union. Elle avait garé son scooter non loin, je lui demandai si elle ne craignait pas qu'on le lui vole pendant notre séjour à la campagne, mais elle m'a répondu qu'elle « avait l'habitude », car son psychanalyste exerçait là. Quand je lui demandai si elle le consultait toujours, elle me répondit qu'il était mort, précisant après avoir bu une gorgée de bière qu'il était mort « chez elle ». Que les psychanalystes meurent, voilà un accident à quoi leur clientèle est parfois confrontée, mais qu'ils agonisent dans le lit d'une analysante, à son domicile conjugal, me parut d'une eau plus rare.

J'aime les environs de la gare du Nord, surtout en saison chaude. Les trottoirs sont encombrés de personnages qu'un journaliste du *Nouveau Détective* qualifierait de «faune douteuse». Sur le parvis, curieusement baptisé place Napoléon-III, les dealers de toutes races, d'énormes prostituées noires, bon nombre de pervers, d'ivrognes ou de punks à chiens se mélangent avec d'improbables gros touristes naïfs, de frêles gothiques descendus d'on ne sait quel train de Saint-Quentin ou de Roubaix, des couples de septuagénaires à la sexualité très libre – les dernières personnes à ma connaissance à boire de l'Americano –, de riches limousines, des Rolls-Royce parfois, attendant des passagers du train de Londres. Après mes virées à Paris, je me faisais toujours un plaisir d'aller prendre une ou deux bières en terrasse, laissant même parfois passer l'heure de mon train. J'y donnai des rendez-vous et, sans y tenir vraiment salon, j'avais mes habitudes. Un de mes loisirs était de déballer sur le linoléum cerclé de métal d'un guéridon extérieur mes achats du jour ou de la veille, tous les livres savants ou bizarres venus des bouquinistes du Quartier latin. Puis à les feuilleter tranquillement, l'un après l'autre, tout en levant le nez de temps en temps sur la parade monstrueuse qui ne cesse de défiler.

Avant qu'Eva, avec autorité, ne me fasse changer de terrasse sous prétexte que le soleil de fin d'après-midi donne ailleurs, j'étais fidèle à la Tartine du Nord, un établissement modeste de la rue de Roubaix. Une clientèle interlope et souvent très schlass, un patron discret, une grosse télévision diffusant l'actualité en permanence favorisaient une espèce de trouble agréable, un flottement d'informations disparates qui font mieux ressortir certains mots, certaines lignes, leur donnant un pouvoir d'inspiration détaché du contexte général, une lecture flottante au sens que la psychologie freudienne donne aux termes d'*écoute flottante*. J'aimais aussi lever les yeux de temps à autre sur la façade lie-de-vin de l'établissement d'en face : Le Rendez-Vous des Belges. J'avais découvert dans un ouvrage d'érudition consacré à la brigade des mœurs que la patronne y avait monté (circa 2003) une maison de passe bon marché offrant des prostituées à la clientèle. L'affaire avait été fermée très vite. J'ai du goût pour l'histoire récente, les dossiers à peine clos, les affleurements archéologiques datant d'un ou deux lustres. Un bordel fermé en 2006 me donne autant de matière à rêverie que les graffitis millénaires sur les murs d'une maison de passe de Pompéi ou d'Herculanum.

Quand je change de rade, même pour ne franchir qu'une cinquantaine de mètres, c'est un autre univers qui s'ouvre. Un voyage plus dépaysant que certains long-courriers. La largeur de l'avenue, des trottoirs, le vis-à-vis, la manière dont les immeubles d'en face se découpent sur le ciel, dont ils prennent l'ombre ou la lumière, varient le spectre intérieur que je garde en moi quand je baisse les yeux sur mon livre, la qualité de mes réflexions et les composés que le paysage forme avec la lecture modifient mon goût.

J'avais acheté, le jour de mon rendez-vous avec

Eva dans ce nouveau café, plusieurs livres, j'ai oublié leurs titres, sauf un que j'ai toujours sur ma table, un petit volume de la collection «Du monde entier» de Gallimard, un roman court, mineur, de Jack Kerouac, *Les Souterrains* (*The Subterraneans*). Écrit en trois jours en 1958, il raconte l'histoire d'un type, un écrivain nommé Percepied, double de l'auteur, qui tombe amoureux d'une Négresse qu'il n'arrive pas à s'attacher vraiment, et tout ça se termine en beuverie, dans ce style relâché, un peu trouble, haletant et peu ponctué, que la traductrice rend bien et que j'aime. Mon goût pour Jack Kerouac, je ne l'explique pas, il remonte à ma jeunesse. Je l'ai toujours trouvé sympathique, avec cette méfiance qu'on doit avoir pour les ivrognes, mais avec son jeu bâclé, ses radotages, il arrive à saisir un rythme et des instants, un certain air entre les choses que je ne trouve nulle part ailleurs dans la littérature américaine. C'est souvent raté, toujours complaisant, des clichés, de la quincaillerie *beat*, mais il lui arrive de jouer juste, surtout dans une catégorie littéraire rebattue : la rencontre entre un homme et une femme. Peut-être parce qu'il joue le morceau en mineur et que la femme en question n'est pas toujours une future maîtresse ou une compagne de beuverie, mais parfois simplement la femme d'un copain. Le fait d'être alcoolique, peu fortuné et de vivre avec sa mère, cette fameuse «mémère», lui donne une liberté que n'ont ni les queutards ni les amoureux. Quelque chose de la froideur amicale et observatrice d'un prêtre, d'un garçon de café ou d'un médecin de dispensaire, ou encore d'un vieux chien.

De temps en temps, en buvant ma bière, je posais les yeux sur un immeuble blanchâtre d'un appareil très différent des voisins. Il doit dater des années 1930, mais il garde un petit côté miteux. En bas se trouve un automate du Crédit agricole que j'ai fréquenté à cause de mes habitudes de toxicomanie.

J'attirai l'attention d'Eva sur l'implantation d'une terrasse dressée au mitan d'une corniche. Levant le nez de sa bière, elle me dit : « Oh, je la connais, je l'ai contemplée des nuits entières, le cabinet de Jany se trouvait juste en face, tu ne peux pas savoir les heures que j'ai passées à regarder cet immeuble. »

Les flèches de l'amour, passé un certain âge, se suffisent d'un petit espace. Ce pan de mur blanchâtre, ce balcon minable devinrent aussitôt des éléments de mon album, au même rayon que les toits de zinc ou la façade échouée de la gare d'Orsay que j'avais moi-même contemplée à l'aube, dans une angoisse complète par la fenêtre de mon hôtel ou juché à demi nu sur le pan incliné du toit au bord du précipice de la rue. Les grands insomniaques, les intoxiqués se raccrochent au paysage. Il y a des bouts de façade, des morceaux de crépi, les coins d'une fenêtre toujours éteinte ou mystérieusement allumée qui contiennent, par la charge des regards et des angoisses qu'on y a laissés, beaucoup de choses.

À demi-mot, j'avais compris qu'Eva avait passé des nuits chez ce psychiatre au lieu de rentrer chez elle, dans son foyer, retrouver son fils de cinq ans et son mari et que ces heures chèrement payées par la mauvaise conscience et l'angoisse avaient pris cette qualité particulière des moments qui nous ont arraché beaucoup et qui deviendront, qui sait, à certaines heures finales, à l'hôpital ou ailleurs, de bons appuis, meilleurs que des temps plus honnêtes ou plus tranquilles.

Je voulais en savoir plus. Je demandai à Eva comment se passaient les matinées, les lendemains de dérive, au souvenir des miens, si délabrés, si solitaires que je ne les retraverserais plus aujourd'hui sans horreur.

«Jany exerçait dans un dispensaire, il avait beaucoup de patients qui lui étaient très attachés. Alors, nous y allions… Ils avaient besoin de lui.»

Quelques mois plus tôt, Eva Ionesco, épouse Zoon, avait commencé une thérapie chez ce psychanalyste, Jany N., qui lui avait été indiqué par des gens de théâtre. Elle venait de perdre son premier procès contre sa mère, elle était en état de désarroi. Deux mois après le début de la cure, elle fit ce que les médecins galants appellent un «passage à l'acte» et devint la maîtresse de ce toxicomane d'âge mûr qui devait mourir des suites de son délabrement avancé et d'un cancer du foie durant leur liaison. Eva abandonna sporadiquement le domicile conjugal, coucha dans ce cabinet de la rue de Dunkerque qu'elle m'a décrit comme un capharnaüm hanté de drogués, où les huissiers opéraient des saisies de plus en plus fréquentes, puis dans des hôtels miteux à Paris ou à Enghien, non loin du casino. L'affaire se finit à Aubervilliers, dans l'ancienne usine qu'Eva avait occupée avec son mari et où elle installa Jany N., mourant – «Je ne pouvais pas l'abandonner, il était trop malade.» Parfois, c'était Eva qui assurait les séances de thérapie à la place de Jany, lorsque celui-ci était trop intoxiqué, trop malade ou trop triste pour y parvenir.

Ce personnage de Jany N., *Bad Therapist* au sens qu'Abel Ferrara a donné à un lieutenant de police dans un film célèbre, m'a plu aussitôt. J'admirais son dévouement, ces patients qu'il consulta jusqu'au bout à un moment où, selon Eva, il transportait des linges pleins de sang, dans ses poches, dans sa valise ou dans un sac plastique.

Les mêmes matins que je finissais seul, Jany allait donner de l'aide, écouter, faire leurs courses à des malades incapables de se passer de lui. Il y a de la noblesse dans cette déglingue, de la charité. Davantage peut-être que dans l'art, de cette âme juive que Rembrandt a évoquée, mieux que Faust ou Kafka. Dostoïevski peut-être, Kerouac jamais. Elle survit en Eva qui possède une capacité téméraire et myope d'aller vers les autres, n'importe qui, une vertu dont l'absence est mon principal défaut.

Le courage qu'il faut déployer pour accomplir un tel effort, pas très différent de celui d'un père de famille qui accompagne son fils à l'école après avoir dérivé une nuit entière – j'en ai reçu dans ma chambre d'hôtel –, quoique à mon avis de plus pure essence en ce qu'il outrepasse les liens naturels ou le souci d'en faire montre, me bouleversait. Les autres m'ennuient quand je suis à jeun, leur affection m'est indifférente, leur reconnaissance m'encombre, quant à leur souffrance, elle me déplaît ou m'effraie, j'ai peur qu'on me demande d'intervenir, de donner de l'argent ou même de leur parler. Saoul, ça va mieux, mais drogué, c'est pire. À l'heure où Jany et Eva partaient s'occuper de leurs patients en taxi – ou, que sais-je, à scooter dans l'air glacé du matin –, avec leurs sacs plastique remplis de linge sanglant pour éponger les saignements de Jany, je restais stupide devant le miroir d'une chambre d'hôtel à priser les rogatons de drogue ou à siroter une bière dont l'achat m'avait coûté des efforts terribles : me rhabiller, prendre l'ascenseur, saluer l'employé de la réception (avant le clochard, une Russe ironique), donner deux euros au jeune Tunisien qui venait d'ouvrir son Proxi sous un soleil radieux et remonter fumer des Kool au menthol et pleurer dans ma chambre. Rien que mon téléphone me terrorisait et je le laissais le plus souvent sur la position silence, face retournée contre la moquette sale. Quelques mois avant de rencontrer Eva, j'étais descendu si bas dans la solitude que je ne pensais pas pouvoir remonter. Comme Percepied, le héros de Kerouac, je laissai filer des compagnies de plus en plus faciles et désespérantes parce que je n'arrivais pas à m'intéresser à la suite ou que je m'endormais sur les banquettes. Lorsque Eva, en ricanant de mes malheurs, me raconta qu'il leur arrivait de faire les courses pour des patients diminués ou démunis, ces tournées qui se terminaient l'après-midi au casino d'Enghien – « Jany s'intéressait aux joueurs même s'il ne misait que des petites sommes » – me donnaient l'impression d'un riche terreau romanesque. À l'Eva de mes imaginations du début de notre amour, au curieux personnage qui buvait de la bière à mes côtés, venait s'ajouter cette folie à deux, charitable et désordonnée.

*

Après cette liaison ou pendant cette liaison, je n'arrive pas à le savoir, elle n'arrive plus à se le rappeler,

Eva a connu un dernier épisode délirant. Un moment elle a perdu contact avec le monde réel. Obsédée par la marine marchande, elle a vu la ville de Paris se transformer en un grand port dont les immeubles étaient des vaisseaux et les feux de signalisation des balises. Comment a-t-elle navigué des semaines dans ces eaux et comment son intelligence a-t-elle surmonté le délire ? Seule la part la plus secrète de sa conscience en connaît la carte. Je suppute que Jany N. a dû l'aider et qu'il n'était donc pas encore mort... qu'il en soit ici remercié.

Un dernier trait me rend l'homme sympathique, ce qu'Eva m'a dit hier soir de lui : « Vers la fin, un peu avant sa mort, Jany ne croyait plus du tout à la psychologie. »

Un jour, à Montmartre, Eva a sorti de je ne sais quel entassement plusieurs grands albums poussiéreux de format raisin. Ils contenaient, plan par plan, les centaines de dessins préparatoires au film *My Little Princess*. Cet ensemble de crayons représente un des multiples états, moulages à cire perdue, qui sont nécessaires à la fabrication d'un film. Ce jour-là j'ai senti grandir à son égard une curiosité d'artisan qui avait vu le jour en travaillant les premiers scénarios : nos méthodes différentes étaient complémentaires en ce qui touchait à l'écriture – je l'ai vérifié tout de suite –, mais nous pouvions même passer au-delà. Mon intérêt pour la cuisine artistique voulait suivre chacun des processus qui mènent au visa d'exploitation. Au-delà de la simple envie d'observer Eva – j'aime regarder les autres travailler –, je jugeais qu'elle usait de méthodes non littéraires capables d'inspirer la littérature, en lui ouvrant un champ d'investigation qu'un écrivain a du mal à trouver seul, surtout si, comme moi, il a commencé tard.

La main franche d'Eva, sa méfiance à l'égard du brio, ses précautions à choisir un cadre, un plan, une direction d'acteur, en dépit des difficultés matérielles et des pressions que lui imposèrent plus de dix ans de montage financier, tout le travail révélé par ces albums m'intéressait presque plus que nos conversations. J'y voyais la trace, antérieure à notre rencontre, d'une longueur de vue, d'une docilité intelligente au labeur et à la note juste, d'un métier acquis en solitaire dès son jeune âge comme une danseuse de corde ou une de ces gymnastes d'Europe centrale à qui elle me fait penser par l'âpreté de ses exigences, la fermeté arrêtée de son geste et la tension sereine qu'elle met à l'effort. Ces qualités d'exécution s'appliquent à rendre avec méthode, de façon presque didactique, une fraîcheur, un abandon naïf à la fiction que je n'ai observés que peu chez les adultes.

*

Devant ces dessins ou d'autres pages sur quoi elle avait agrafé, comme le font les couturiers, des échantillons de tissus et des bouts de photographies, à l'écouter ensuite me raconter comment elle met les acteurs en condition en les laissant au préalable improviser des situations proches du film où ils s'affrontent et réunissent un fond d'expériences communes, d'émotions préexistantes dans quoi ils peuvent puiser pendant les prises, à imaginer tout ce travail préparatoire, j'étais curieux de la voir à l'œuvre.

Moins d'un an après notre rencontre, une fois achevé le scénario d'*Une jeunesse dorée*, au moment qu'Eva avait choisi pour subir son opération de chirurgie esthétique, on nous offrit d'élaborer et de réaliser ensemble un court film de fiction. Eva, qui avait entre-temps fini de perdre une quinzaine de kilos, réfléchissait assez souvent devant sa glace à ce lifting facial dont elle voulait diriger l'opération. Loin de l'affoler, ces réflexions la menaient à un surprenant état de détachement qui procédait une fois encore du dédoublement. On aurait dit une couturière étudiant un plissé ou une coupe en biais sur un mannequin de bois. Ces conciliabules entre Eva et *Eva* réclamaient de fréquentes expertises et il me fallait ménager dans mon emploi du temps des interruptions consacrées à des consultations brèves et parfois orageuses. Eva avait commencé ce travail dix ans plus tôt, peu après les obsèques de Jany N., un premier lifting à moins de trente-cinq ans, une réduction des joues, une pose de prothèses mammaires hypomusculaires (méthode douloureuse mais moins grossière que l'habituelle prothèse en sphère) en faisaient une cliente avisée de ce genre de soins. L'expérience n'excluait pas les doutes, les questions sans réponse de ma part, des grimaces, de la peau tirée, des cris, des rires, des larmes prématurées.

Les exigences de la chaîne de télévision qui nous avait commandé le petit film m'imposaient de travailler vite et je dus improviser en quelques jours avant Noël un scénario intitulé *Rosa Mystica*. Jusque-là, les projets d'écriture que nous avions menés obéissaient au rythme lent du cinéma d'auteur, et soudain, voilà qu'il nous fallait imaginer de tourner et de monter une œuvre qui nous plaise à tous les deux d'ici le Festival de Cannes, qui avait lieu moins de six mois plus tard. L'urgence aurait l'effet propice de divertir Eva de ses obsessions chirurgicales, elle serait aussi l'occasion de mesurer nos capacités d'entente artistique dans des conditions réelles. Ce que j'aime le plus dans la presse – une contrainte de temps – allait, en nous forçant à accélérer le mouvement, nous offrir un apport de liberté d'autant plus précieux qu'il se gagnerait par ces raccourcis que l'imagination invente si elle s'agite plus qu'à l'ordinaire.

Quand je venais lui lire les premières scènes du scénario devant la glace de l'entrée ou dans le bureau décoré de toile de Jouy qu'elle a fait aménager au premier étage de la maison, en la voyant soudain s'oublier et s'absorber dans la conception de personnages que nous venions d'imaginer et qu'elle appelait sans le moindre effort, comme le font les enfants, par leur prénom, je me rappelle lui avoir demandé à quel âge elle avait cessé de jouer à la poupée.

Comme toujours, Eva me fournit une réponse à la fois évasive et incongrue. Son importante collection de poupées Barbie, comprenant, outre une garde-robe que je devine très complète (elle m'a parlé de deux mallettes), la caravane de Barbie, la maison de Barbie, la voiture de Barbie, et outre Ken, le fiancé de Barbie, deux personnages dont j'ignorais l'existence : Skipper, la jeune sœur de Barbie, ainsi que sa cousine Francie, cette importante théorie d'effigies en plastique accumulée au cours des années et des caprices, elle l'avait conservée tard, jusqu'à ce qu'on la lui vole dans la cave de son studio à Ivry. Un vol dont elle me parla avec des larmes dans les yeux. J'en déduisis donc que, même à l'époque des fix d'héroïne du Palace ou du Studio 54 et des infortunes tropéziennes, les poupées Barbie avaient peut-être encore leur rôle à jouer dans le lit d'Eva. J'avais soupçonné l'existence de ces transitions, quand Eva m'avait raconté qu'elle regardait Casimir à la télévision à l'époque des nus à tête de mort. J'aime cette résistance féroce de l'enfance aux sortilèges réputés irrésistibles des adultes. Le plaisir de l'innocence a des armes ignorées du vice.

Voilà une question qui m'intéresse, comme toutes celles qui ont trait aux transitions historiques – je pense à la fin de l'Antiquité, et à la persistance des cultes païens au premier temps du Moyen Âge. Les conversions, tel l'âge adulte, tiennent souvent du *bricolage*, au sens anthropologique. Les Vierges noires du Massif central ne sont autres que des effigies d'Artémis, de Cybèle ou d'Isis déterrées par les charrues, monstres boueux à qui on a rajouté des cheveux ou collé des guipures. Cette opération du Saint-Esprit porte d'ailleurs un nom charmant : c'est une « invention ». Les Madones, les reliques retrouvées dans les bourbiers ou les ruines du passé sont les premières « inventions » de l'âge chevaleresque. Les dessins préparatoires d'Eva, les tours de magicienne dont elle use pour influencer les acteurs, les petites reliques de tissu agrafées au bas d'images découpées marquent le prolongement des passe-temps d'autrefois.

Cette ferveur naïve de féticheur qu'elle porte à ses inventions, la liberté de se projeter dans des personnages imaginaires ont reculé en moi comme chez beaucoup d'auteurs modernes. Elles sont intactes chez elle, et je dois avouer qu'il m'arrivait de la regarder d'un œil désabusé, me demandant, tel un frère regardant jouer sa petite sœur : « Comment peut-elle encore y croire ? »

Son pouvoir d'imagination est d'autant plus ferme qu'il repose sur des souffrances très anciennes. Ses infortunes ont fait qu'elle a beaucoup observé les autres, beaucoup réfléchi, beaucoup lu et vu beaucoup de films. Comme tous les martyrs et tous les bourreaux, comme Sade, comme Justine, c'est une grande imaginative. Je discernais en même temps dans ces moments d'urgence que son rapport à soi avait une intensité différente, plus détachée ; l'objet qu'elle voyait dans la glace, *Eva*, était une fiction, elle l'avait été pour d'autres avant de l'être pour elle-même, ce qui n'était pas sans lien avec cette capacité fantastique de s'abstraire dans une autre dimension.

Je voyais, comme sous l'effet d'un philtre, les inquiétudes soulevées par les mortifications qu'allait lui faire subir *Eva*, son vieux tyran, disparaître aussitôt qu'Eva se plongeait dans ce nouveau jeu dont elle élaborait les règles et définissait les avatars avec moi. Par à-coups, le souvenir de l'opération la renvoyait à son miroir, la discipline et les souffrances qu'elle allait s'imposer la forçaient à s'abstraire de ses jeux, la rappelant à ses devoirs de femme et d'objet.

Sa maîtrise des acrobaties d'Alice me montrait à quel point et avec quel profit l'esthète s'était développée dans ce complexe appareil sur la dépouille de la victime. La bonne valeur artistique des jugements d'Eva vient, mystérieusement, du peu d'égards qu'elle manifeste au fond de son cœur pour une apparence physique divulguée nûment, si jeune aux regards de tous. Elle n'y tient pas plus qu'une déesse païenne à une forme humaine ou animale prise pour séduire un berger. Son enveloppe physique n'est qu'une robe de plus posée sur le souffle invisible, le feu abstrait, spirituel, qui l'anime, et c'est pour cela qu'elle la regarde autant, la retaille sans cesse et en retravaille si souvent les plis et le tombé.

Lorsque nous décidions d'une réplique ou d'un effet de mise en scène, et que je lui parlais d'une pièce de la maison à l'autre, j'entendais à sa voix qu'elle avait retrouvé le joug de son reflet dans le miroir, de cette image intime qu'elle jugeait m'appartenir au moins autant qu'à elle puisqu'elle venait de m'appeler pour une nouvelle consultation. De cette divulgation, de ce partage, de cette distance ironique et infranchissable qui la sépare de son corps, j'ai compris toute l'ampleur pathologique lorsqu'un matin, m'affirmant préférer une anesthésie générale à une anesthésie locale, pourtant moins dangereuse, pour une autre chirurgie plus bénigne elle me dit : « Je ne veux pas qu'*on* puisse voir l'opération. » Ce « on » volant la place du « je », c'est le « nous » maternel d'autrefois élargi à tout un chacun.

Le scénario achevé, je retournai à mon livre, laissant à Eva le champ libre pour développer ses idées visuelles. Il m'est arrivé, un certain matin à Montmartre, dans l'ancien couvent, d'écrire *Eva*, alors que la vraie Eva, ou du moins l'une d'entre elles, penchée sur la table voisine, dessinait les plans d'une séquence, épinglait une relique ou une photo d'acteur sur les plans d'une *rose mystique* que nous avions conçue ensemble et dont elle poursuivait désormais l'élaboration avec une maniaquerie d'obsédée et une délicatesse d'émailleur ou d'horlogère. Plus tard, à table, durant les déjeuners et les dîners que nous prenons ensemble tous les jours depuis notre rencontre avec la régularité heureuse des prisonniers ou des religieux, nous continuions d'évoquer ce projet imaginaire qui commençait à l'emporter sur la réalité grâce à l'insistance obsédée d'Eva. Les rares moments où nous nous tenions hors de portée du miroir, il était impossible de penser à autre chose, de parler d'un autre sujet sans qu'elle me rappelle à l'ordre. Avec le recul, je juge que les épisodes délirants qu'elle a traversés lui ont ouvert cette étonnante capacité qu'elle a de faire de la vision un impératif supérieur au concret. Mon travail consiste alors à laisser libre cette capacité d'envol tout en ramenant, en bon réaliste, la fiction à son origine matérielle, son motif : ici, l'épisode dont je me suis servi pour l'argument du film.

*

Au printemps 2013, huit mois plus tôt, une dizaine de jours avant que débute l'histoire d'*Eva*, j'ai donné chez Jean-Jacques Schuhl une courte et solennelle conférence qui traitait de la rupture de Yeats et Aleister Crowley. Hormis un article des *Cahiers de la Tour Saint-Jacques* je m'étais inspiré d'un autre document, aussi curieux, recueilli dans le numéro que la revue des *Études carmélitaines* a consacré à Satan, l'article d'un jésuite thomiste, le frère Philippe de la Trinité, qui a trait à la peccabilité des anges. L'ange se voit déchu parce qu'il refuse la contemplation béatifique. La méchanceté est une exclusion volontaire, l'être ne devient pas méchant parce qu'il est exclu, mais parce qu'il choisit de s'exclure. La thèse que je défendais ce jour-là (et que j'ai mise dans la bouche de Jean-Pierre Léaud dans notre film) affirme que le satanisme de Crowley prend naissance dans son impatience, son orgueil diabolique, puis son éviction volontaire des cercles rosicruciens contrôlés par Yeats.

Comme souvent chez Jean-Jacques – j'emploie « chez » au sens propre, c'est-à-dire son appartement, son cercle, dans ce que dégage sa présence physique ainsi que celle d'Ingrid Caven ou de leur entourage –, il y avait dans cette conférence une atmosphère mitigée de gravité scrupuleuse et de la légèreté d'Hoffmann. Comme sur un collage, le sacré s'y produisit de guingois, bouts de papier griffonnés, débris d'imprimé, agités à la lumière de l'après-midi. Cette « conférence » d'une dizaine de minutes ne fut qu'interruptions, bafouillages, approximations exactes, précisions trop effectives pour être affirmées, rires. Je retrouvais sans m'y être attendu l'atmosphère de mon enfance, influencée par le surréalisme et cette force particulière qu'ont certains hommes de dégager les croyances anciennes de la décadence universitaire pour leur rendre leur valeur de pari.

J'y avais mis du cœur, car j'étais, durant les derniers moments qui me séparaient d'Eva, je l'ai dit je crois, dans un état d'hyperesthésie. Chaque minute me semblait la dernière et les visites chez des amis qui m'ont toujours montré de l'attention comptaient pour moi.

*

Une fois le film acheté par la chaîne de télévision, pendant que j'essayais de dégager des fonds supplémentaires avec l'aide des producteurs, Eva s'occupa de former l'équipe. Des gens à qui je n'aurais jamais osé raconter quoi que ce soit, la littérature m'interdisant en général de voir à qui je m'adresse et encore moins d'en attendre une approbation ou des conseils, se mêlèrent de nos inventions. Un coiffeur, passe encore, il m'est arrivé de parler suicide, perruques et de beaucoup rire avec l'un d'eux, une costumière, extravagante Australienne, bonne compagnie de bamboula, ça restait en famille, mais d'autres bien plus étranges se joignaient à cette partie. Par moments, j'étais pris d'une confusion qui me renvoyait à l'enfance. Il y avait des réunions de travail à la maison et c'était un peu comme si je m'étais associé une folle qui se mêlait d'aller chercher des gens dans la rue, des adultes, des acteurs célèbres, d'anciens camarades de classe pour les convaincre de jouer avec nous. Je m'effrayai de voir Eva, avec son sérieux imperturbable, claironner les excentricités que j'avais écrites en dix minutes sur un coin de table.

Lorsque je vis, pendant la répétition, Marisa Berenson lire, avec une bonhomie aristocratique, les bizarreries que j'avais mises dans la bouche de la poupée qu'elle avait accepté d'incarner, c'était un peu comme si la duchesse de Devonshire était descendue d'un portrait de Reynolds pour venir jouer en silhouette dans le théâtre d'ombres chinoises que m'avait offert autrefois une amie de ma grand-mère.

La communauté qu'un spectacle réclame et dont il profite n'a rien à voir avec le tête-à-tête du littérateur avec ses imaginations. Françoise Sagan a écrit cela avant moi, et mieux, et je l'avais déjà lu. Il n'empêche que l'audace d'Eva me dérangeait, le sans-gêne qu'elle met à transmettre sa vision intérieure et à partager ses fantaisies tout en appelant chacun à son secours procède d'un art plus généreux, audacieux et sonore

que le mien – celui du Capitaine Fracasse. Je compre-
nais mieux aussi son habitude de héler les gens dans
la rue pour demander son chemin ou toutes sortes de
renseignements.

Aussitôt rentrés à la campagne, nous regardions
des films qui nous préparaient à tourner le nôtre.
À cause des moyens restreints et des dimensions
réduites du film, mais surtout de son sujet j'avais cru
bon de placer cette *Rosa Mystica* sous la lanterne du
cinéaste underground Kenneth Anger. Une conférence sur Yeats et Aleister Crowley, donnée chez
des magiciens dans une atmosphère de vin de champagne et d'opium permettrait d'éviter les travers d'un
court-métrage. Le don que possède Eva de détourner
à son profit ce qu'on lui donne à voir m'apparut clairement dans ces moments-là. L'observant, assise tout
contre moi, devant des œuvres que nous connaissions
l'un et l'autre, mais que je n'avais jamais scrutées avec
la même attention, *Lucifer Rising*, ou celle qu'Eva lui
préfère : *Inauguration of a Pleasure Dome*, je constatai
qu'en dépit d'un goût commun nos vues différaient.
J'ai une approche globale, une idée générale de ce qui
me plaît, par-dessus tout je suis sensible aux appa-
rences, et mon goût des détails participe d'une religio-
sité dévoyée, je prélève des reliques, des «trophées»,
comme dit le criminologue des tueurs fétichistes. Eva
s'intéresse à la manière dont l'objet est fabriqué, elle
cherche des recettes et non des pâmoisons. Le temps
qu'elle consacre à inspecter l'objet sous toutes les cou-
tures se déroule sur un mode d'intensité constante,
et non comme moi, suivant des hauts, des bas, des
élans, des lassitudes. J'aime par-dessus tout ne pas

comprendre, ne pas enquêter, et m'éblouir, me griser, j'ai besoin de jouir le plus souvent possible de cette émotion voluptueuse qui m'a pris la première fois que l'objet m'est monté à la tête. Chaque visionnage de ces bobines est une cérémonie, une sorte d'agitation, de trépidation dont je guette le mouvement, et si ce mouvement ne vient pas, je change d'objet sans pour autant remettre mon plaisir en doute – jugeant simplement que ce n'est pas le jour.

Toutes les messes auxquelles j'ai assisté, à quoi j'ai cru et que j'ai longtemps servies comme enfant de chœur m'ont laissé le goût du rituel, des musiques, des encens plus que de la raison. Je n'ai pas lu Aristote dans des hôtels borgnes comme Eva. J'ai rêvassé devant ma fenêtre, regardé des heures durant des peintures anciennes, y apportant la même foi que je prêtais aux mauvaises fresques de l'église Saint-Sulpice (pas les Delacroix, les autres) que mon tabouret rouge et doré de servant de messe, toujours posé dans la même partie du chœur, me permettait de contempler.

Il en allait de même pour les films de Kenneth Anger, les quelques clips et les quelques morceaux de longs-métrages que j'aimais, jusqu'à ce qu'Eva, penchée sur l'écran comme sur un plat qu'on lui sert, m'en explique les trucs, les recettes jusque-là mystérieuses, rejetant certains de mes choix avec une dureté d'antiquaire. Ce travail accompli, nous étions prêts, nous le croyions du moins. Mais Crowley n'avait pas dit son dernier mot.

À la fin du mois de janvier, Eva subit l'intervention chirurgicale attendue et, trois semaines plus tard, il fallut l'opérer une seconde fois en urgence à la suite d'une complication qui faillit la défigurer. Deux jours après la seconde intervention, malgré des douleurs et des névralgies incessantes, elle reprit la préparation du film avec une sérénité que je ne lui avais jamais connue. Tout se passait comme si le désordre qu'elle suscitait autour d'elle en lui donnant la possibilité d'agir sur les autres, de les diriger, lui permettait enfin d'accomplir ses desseins artistiques.

*

Je me souviens du deuxième jour de tournage, vers deux heures de l'après-midi, et de Jean-Pierre Léaud allongé près de moi par terre de tout son long, son étrange corps de pingouin agité d'un feu intérieur dès que les prises avaient commencé. C'était au début de l'après-midi sous un très chaud soleil de mars. Il avait exigé que je lui fasse répéter son texte. À chaque réplique récitée de manière phonétique afin, me dit-il, d'oublier le sens des mots, il attrapait convulsivement ma main qu'il serrait comme un enfant dans la sienne. Les embarras de mémoire, une élocution à la fois difficile et fulgurante mettaient extraordinairement en relief les propos que je lui faisais tenir. Nous étions dans un escalier extérieur, au-dessus d'une cour où était rangée la vieille Harley Davidson louée pour une autre séquence.

Quelque part à l'intérieur de l'atelier qui servait de plateau, j'étais conscient de la présence d'Eva, elle suscitait à l'extérieur, en dessous du palier où nous nous tenions, tout un équipage d'accessoiristes, d'assistants, de personnages parfois inutiles ou falots mais qui ne se tenaient là que pour elle, dévoués à la servir, même maladroitement. Cette cour en exil réunie autour de la petite souveraine aux yeux voilés de morphine, aux ordres précis, changeants et toujours implacables, me faisait penser à ces passages de roman, bataille désordonnée ou lointaine où les princes, les capitaines brillent par leur absence. Le héros désarmé, transformé en spectateur, décrit alors des actions dont il ne connaît pas les fins. Mon seul lien à Eva était cette main de hussard, un autre enfant de la balle, un autre rescapé, qui me broyait les doigts, me répétant jusqu'à m'en rendre les mots incompréhensibles de longues phrases que j'avais pourtant écrites, où le nom de Swedenborg revenait comme une balise et un abîme où se heurtait et plongeait le travail de la salive, des dents et de la langue, sous des yeux noirs brillant sous la mèche brune, deux grains de genièvre lavés d'eau.

*

Peu après la fin du montage, nous fîmes un voyage au Japon d'une dizaine de jours. Les épreuves physiques qu'Eva avait endurées, la détente nerveuse qui suivit l'accomplissement du film et le retour à l'intimité nous avaient mis dans un état d'abandon propice au dépaysement. J'ai si peu voyagé que mes souvenirs des antipodes me semblent tous très vieux. En moins d'un an, ils deviennent aussi lointains, riches et mystérieux que des promenades beaucoup plus anciennes à quoi la poussière des saisons et des années me donne l'illusion qu'ils m'enracinent. Ces anatifes poussés sur les bois flottés ont les qualités de se laisser plus facilement retourner et contempler que des trésors mieux enterrés. Ainsi n'ai-je aucune peine aujourd'hui à me souvenir de ce beau jour d'avril, le dernier peut-être que nous passâmes à Tokyo. Par hasard, au milieu d'un parc encore fleuri qui me fit penser à ma grand-mère et aux pruniers japonais du Jardin des Plantes, j'entraînai Eva visiter l'exposition Balthus, organisée par Setsuko Klossowska.

Je voulais montrer à Eva les dessins à la plume illustrant *Les Hauts de Hurlevent*, et puis, soudain, derrière Heathcliff et Catherine, je vis apparaître la petite Pegeen de mon enfance. Il s'agit d'un dessin que je ne connaissais pas, une étude au crayon pour *La Patience* datée de 1943. L'enfant, haute d'une dizaine de centimètres, penchée sur la table, ne plaçait pas son visage face à nous, comme dans le tableau, mais se tenait de profil, plongée dans la contemplation d'un jeu de cartes absent qui faisait ressembler le plateau vierge de la table à la feuille blanche du dessinateur. Il avait fallu que j'aille jusqu'à l'autre bout du monde pour assister à cet étrange phénomène : Eva, l'objet de ma patience, regardant en effigie, ramenée à la taille d'une poupée, une de ses innombrables devancières, plongée elle-même dans la contemplation d'une patience aussi muette que le vide originel qui l'avait vue naître.

Deux fleurs blanches séchées marquent la page où ce dessin est reproduit dans le catalogue. Celui qui les trouvera quand nous serons morts, Eva et moi, les laissera peut-être tomber au sol et se mélanger à la poussière, mais peut-être aussi les gardera-t-il sans trop savoir pourquoi jusqu'à ce qu'un autre, peut-être une enfant blonde aux cheveux cendrés, s'amuse à souffler dessus.

*

Ce matin, le dernier dimanche du mois d'août, par un soleil d'automne avant de relire et de corriger toutes ces notes recueillies sous le titre d'*Eva*, peu après avoir corrigé ce passage de journal où je parle du langage d'Eva et de nos conversations du début, je suis tombé dans une de ces agitations inattendues qui me prennent en relisant des bouts de texte que je crois connaître, mais qui recèlent autant de couloirs mystérieux qu'une vieille maison dont je ne connaissais pas l'existence avant de franchir un mur écroulé déjà longé cent fois.

C'est d'ailleurs d'une vieille maison qu'il s'agit, la maison Usher. La lecture des traductions de Baudelaire ne se passe jamais sans une trouvaille. Ce musée esthétique et moral réuni par deux amateurs de premier plan contient des merveilles qu'aucune promenade du dimanche matin au marché aux Puces de Vanves ou de Saint-Ouen, même sous un doux soleil d'automne, ne m'apportera jamais.

> Nous peignîmes et nous lûmes ensemble; ou bien j'écoutais, comme dans un rêve, ses étranges improvisations. Et ainsi, à mesure qu'une intimité de plus en plus étroite m'ouvrait plus familièrement les profondeurs de son âme, je reconnaissais plus amèrement la vanité de tous mes efforts pour ranimer un esprit, d'où la nuit, comme une propriété qui lui aurait été inhérente, déversait sur tous les objets de l'univers physique et moral une radiation incessante de ténèbres.

Plus loin le nom de Fuseli, plus loin encore celle

213

que je cherchais en ouvrant le livre, un prénom, celui de Lady Usher : *Madeline*. Presque un nom de vernis à ongles… Son premier passage mystérieux au fond de la maison, près de la nuit et des cintres littéraires, fait inévitablement écho à celui de Lady Macbeth, le dernier, lors des scènes de folie.

La nuit dernière, 21 septembre, pour la première fois en trente-cinq ans, j'ai rêvé d'Edwige. Sans doute pour l'avoir vue la veille sur une vieille photo couleur en compagnie de Maria Schneider et d'Eva Ionesco. Ce rêve m'a rappelé un ultime souvenir, le dernier que je rendrai ici de l'Eva de jadis.

*

Que m'avait dit Edwige pour me faire fuir là-haut, sur le balcon du Palace, cette nuit du début de janvier 1980 ? Je ne sais plus. Il lui arrivait donc d'être méchante, de m'attaquer comme une bête qui s'est laissé approcher mais dont on ne peut prévoir les réactions. Je l'aimais tant, avec cette dévotion spartiate de la jeunesse, qu'elle ne me blessait jamais, j'étais pourtant si susceptible. Il suffisait que je m'éloigne un peu, que j'aille prendre l'air, que je disparaisse de sa vue quelques instants, j'attendais qu'elle me reparle en me promenant dans les coursives, en allant aux toilettes – j'y suis parfois resté enfermé longtemps, juste pour échapper à la peur d'être rejeté – ou en montant après le fumoir de l'ancien théâtre vers le balcon et les dernières rangées où l'on pouvait se tenir en retrait sans être vu seul ou paraître attendre.

Ce soir-là, je me souviens de la petite Justine, elle avait un scooter ancien, un Lambretta 50 cc peut-être, avec une selle en simili à motif écossais. Je l'aimais bien, elle aussi m'aimait bien, je crois, on ne se parlait pas trop – ou alors beaucoup trop –, mais il nous est arrivé de rester assis l'un près de l'autre, en haut dans la nuit des cintres, sans aller jusqu'à nous embrasser sur la bouche, mais presque – ou oui, peut-être –, je ne sais plus. Je revois mes mains sur sa jambe, mais Eva, qui a parlé de moi récemment, m'a affirmé que Justine ne se souvenait plus du tout de mon nom. Ce qui ne signifie rien quant à d'éventuels baisers.

Justine est là, toute menue, avec un visage irrégulier mais plein de feu. Elle est intense, ses yeux brillent, quelque chose la soutient. Je sais qu'elle est amoureuse du petit Christophe, un gamin fugueur de quinze ans, avec une grosse voix magnifique. Il vole des scooters. Lui aussi dort plus ou moins chez moi, parfois, comme Edwige, dans le même lit, au 9, rue de Palestro, station Étienne-Marcel. Un studio à cuisine américaine, décoration rustique, moquette orange, quatre fenêtres sur cour. C'est Laure qui m'a présenté Justine ; Laure est morte en 1982 ou 1983. Elles avaient passé du temps ensemble à la Jamaïque. Je n'ai jamais revu Laure depuis l'hiver 1979-1980. Elle avait seize ou dix-sept ans cette année-là, elle était lesbienne – *goudou*, disait-elle, dans le style Marlon Brando, les mêmes cheveux courts qu'Edwige avec deux ailes d'ange peroxydées sur le haut des tempes et nous avons fait l'amour au moins dix fois. Elle a voulu m'apprendre à voler des voitures, une Jaguar Type E rue du Four a résisté à ses bricolages. Je tremblais près d'elle dans l'habitacle, mais elle savait me rassurer comme un grand frère. Nous avons cassé une autre voiture ensemble, sur l'autoroute du Sud, en revenant d'un mariage, chez les Ganay, je crois, où elle avait joué du saxophone. Un accident violent. Je n'oublierai jamais qu'elle s'est shootée dans les toilettes du commissariat de Corbeil-Essonnes. Nous étions en loques, sanglants. Elle a hurlé : « Moi, j'ai besoin d'un shoot » en plein commissariat, puis elle est partie aux W.-C. Les agents n'ont pas entendu ou ils n'ont pas compris. Ensuite, nous avons triché dans le train de banlieue du matin, elle planait. Laure est l'inspiratrice de Sophie, la petite Sophie, de mon Anthologie… Grâce lui soit rendue.

Depuis combien de temps l'Eva Ionesco d'alors est-elle assise là, non loin de moi ? Je ne sais pas, elle est posée sur une rangée plus haute, avec des gens, Vincent Darré, je crois, et d'autres. Dans l'ombre encore, et pour longtemps. Elle rit et elle crie comme chaque fois que je l'ai aperçue. Je vois ses cheveux blonds, plus longs que tous les nôtres, magnifique, une cascade, et ses grosses joues. On – mais qui ? – m'a dit qu'elle ressemblait à un petit cochon. On avait la dent dure à l'époque. Il n'empêche qu'elle en impose. C'est vrai qu'elle était grande. De longues jambes, plus longues qu'aujourd'hui par rapport à son buste, des hanches étroites, les épaules déjà voûtées. Elle porte un pantalon corsaire gris, un pull à rayures trop serré qui découvre son ventre plat de petite fille et des talons aiguilles vernis noirs avec une bride sur le talon d'Achille. J'entends qu'elle parle de « pâte dentifrice », une expression que je trouve bizarrement datée.

« Tu m'attendras dehors ?

— Oui, je t'attendrai. »

Est-ce à Justine que je réponds ? Sûrement. Évidemment, avec le recul… J'aimerais pouvoir écrire que c'est à Eva. Que je fais cette réponse valable encore trente-cinq ans plus tard. Oui, je t'ai attendue, Eva, longtemps… 300 000 heures… Je suis patient, ça vaut mieux, mais en vérité, c'est à Justine, *la petite Justine*, que j'ai fait cette promesse.

Promesse non tenue, bien que je me souvienne du scooter, de la selle écossaise, mais ce devait être un autre soir, un autre petit matin, plutôt, car entretemps, cette nuit-là, j'avais retrouvé Edwige, qui avait décidé de se montrer gentille de nouveau, de redevenir pour quelques heures mon bel ange. Elle me fit son sourire si charmant, creusant ses fossettes, révélant ses longues incisives écartées, relevant ses yeux verts, mongoloïdes. Elle aussi a du sang d'Europe de l'Est, mais personne ne sait d'où. Orpheline, elle se prétendait à l'époque la fille d'une actrice anglophone – Marilyn Monroe, je crois.

Nous nous tenions dans le hall, le sas d'entrée, la nuit derrière nous brillait encore un peu dans les vitrines. Il faisait très froid. Je patientais pourtant, car Edwige parlait avec Jean-Louis Jorge, son mari. Mort lui aussi, assassiné à Saint-Domingue bien des années plus tard. Il faisait vraiment très froid en ce début janvier 1980. Edwige portait un manteau de tweed que je lui avais prêté, un de ces autocoats à chevrons coupés au-dessus du genou qu'on trouvait par centaines pour dix francs dans les tas de fripes arabes à Montreuil. Elle était chaussée de très beaux mocassins marron clair 1960 achetés pour moi avec elle quatre francs aux mêmes puces, mais je les lui avais donnés pour qu'elle les perde chez l'un chez l'autre, peut-être chez Marilyn, au-dessus de chez Joe Allen, où elle réservait une partie de ses affaires, une autre partie restant chez moi, mélangée aux dizaines de robes 1960 de Marceline, aux disques de Laure, aux pantalons du petit Christophe. En échange, elle m'avait donné son bracelet de force en cuir. Le froid de la rue était vraiment saisissant, il allait nous geler, geler ces nuits-là pour des années. Leur donner ce vernis glacé, cette brillance de conte de Noël qui fait ressembler dans ma mémoire l'hiver 1979-1980 aux calendriers de l'Avent ; chaque soirée ouvrait un nouveau volet et tout serait bientôt dit, pour une durée aussi longue qu'une vie d'homme, une vie de Christ, en tout cas.

Voilà que nous marchons, Edwige et moi. Deux silhouettes obscures dans la nuit de 1980. Je me suis demandé, cette autre nuit, après mon rêve, comment nous nous tenions dans la rue, main dans la main ? Non jamais, enlacés, toujours enlacés, nous avions la même taille. Nous marchions beaucoup, faute d'argent pour prendre un taxi. Ce soir-là, dernière nuit rue de Palestro. Souviens-toi, moquette orange… Les années à venir furent maussades pour tous les deux. Edwige continua à New York sa vie d'errance solitaire et choyée et moi, je commençai de t'attendre, Eva.

Te reverrais-je après ce soir-là, avant la grande séparation ? Peut-être. Je ne sais plus. Nous ne nous parlions jamais, sauf dans la DS de Charles. Tu m'affirmes le contraire aujourd'hui, lorsque tu regardes mes vieux portraits d'identité. Tu prétends même m'avoir embrassé. Sûrement non, je m'en serais souvenu. Ne m'as-tu pas dit un jour à propos de l'éventuelle place que tiendrait *Eva* dans les recoins de mémoire collective, aux côtés de Pannychis, de Lolita ou de Drusilla, la jeune sœur de Caligula :

« Moi ? Je suis inoubliable. »

*

C'était pour rire, ou plutôt par bravade, un vieux travers de la bande d'autrefois.

Hier matin, voulant échapper aux corrections de ce livre et te faire plaisir, je t'ai accompagnée en métro chez un de ces nombreux médecins que tu aimes consulter. En sortant de la station Passy aux allures de funiculaire, nous montons les marches de la rue de l'Alboni jusqu'à la place du Costa-Rica, puis nous suivons la rue Raynouard, passons la rue Singer et la rue de la Visitation. Je te fais remarquer les halls d'immeuble, à notre gauche, ouverts sur le vide, la rivière invisible, les immeubles du Front de Seine. Il est dix heures moins dix, l'asphalte des trottoirs est luisant, presque bleu, et je ne sais plus si c'est la pluie qui vient de tomber ou les jets d'eau des concierges, je te parle des eaux de Passy, du jardin Delessert et d'un vieux livre édité avant la guerre chez Ferenczi, *Souvenirs du jardin détruit.* Tu ne m'écoutes pas, toujours inquiète d'arriver en retard. Le médecin exerce au rez-de-chaussée d'un immeuble de l'avenue du Colonel-Bonnet, non loin de la place Chopin, derrière des voilages gris.

Il est dix heures, au 47, la Maison de Balzac vient d'ouvrir, j'y passe un moment en t'attendant. Dans le jardin, je remarque les souches de deux arbres coupés. Était-ce déjà ainsi quand je suis venu ici la dernière fois, il y a plus de six ans ? Je ne sais pas. Leur absence se fait sentir, une sorte de vide, une trace, comme une ombre ou une de ces saletés qu'on découvre en déplaçant un pot de fleurs.

À l'intérieur du musée, j'entends des femmes invisibles parler dans le bureau qui se trouve à gauche de l'entrée, je me dirige vers la droite, les petites salles presque vides, sans grand espoir, mais avec cette secrète confiance qui me vient quand je sais que je ne suis pas là pour rien. J'entre dans la pièce en vigie, le cabinet de travail où Balzac a écrit pendant une dizaine d'années, quand il habitait ce village, sous une identité d'emprunt pour échapper à ses créanciers.

Les carreaux de couleur des fenêtres ne rendent du monde extérieur qu'une surface translucide. Le quai de Grenelle, les gratte-ciel du Front de Seine n'existent plus, pas plus que les immeubles de rapport alentour. Reste l'hôtel de Lamballe et ses lanternes, une ou deux fermes pavées dont j'ai visité les cours naguère et aussi la cloche de l'église Notre-Dame de Grâce où j'ai vu un enfant prier seul dans le chœur non loin du couronnement d'épines de Giordano.

La table que je touche de la main est une petite chose robuste qui sent l'encaustique. Elle me semble d'une échelle réduite à peine en dessous de la normale, comme souvent les reliques, les vêtements d'autrefois, certains automates. Le temps en a concentré l'essence.

Plus tard, dans le jardin mouillé de pluie, t'attendant toujours, je me demande quelle taille physique auraient les images visuelles que j'appelle mes souvenirs s'il était possible de les mesurer. Moins d'un mètre ? Plus de vingt centimètres ? Moins qu'une femme réelle, plus qu'un gros bibelot. La taille d'un chimpanzé ou d'une enfant ? Voilà une question difficile. Peu, je crois, s'y sont penchés. Une certitude : ils furent mes jouets jusqu'au jour où, à ma plus grande surprise, je suis passé dans leur dimension. Derrière le treillage de bois qui ferme le jardin suspendu j'aperçois le pignon de l'hôtel de Lamballe, l'ancienne clinique où Nerval fut interné trois mois avant de se pendre.

Cent soixante ans plus tard, le ciel d'octobre est gris comme la tour Eiffel, une carte postale en relief mangée en haut par l'humidité. Je me retourne. Au faîte de l'escalier de ciment, je te reconnais, *Eva qui revient bientôt*, ta fourrure et tes grosses lunettes fumées de lapin blanc. À cette distance tu mesures à peu près vingt-cinq centimètres, le gabarit d'un peuple de petites femmes imaginaires à la chair tiède et aux longs cheveux blonds que je rêvais d'asservir et de tourmenter quand j'étais enfant, la taille exacte de mes souvenirs. Tu descends, tes talons de Lilliputienne claquent sur le ciment mouillé et voilà que tu grandis une nouvelle fois jusqu'à prendre tout l'espace.

Du même auteur :

ANTHOLOGIE DES APPARITIONS, Flammarion, 2004 ; J'ai lu,
   2006.
NADA EXIST, Flammarion, 2007 ; J'ai lu, 2010.
L'HYPER JUSTINE, Flammarion, 2009 ; J'ai lu, 2015.
JAYNE MANSFIELD 1967, Grasset, 2011 ; J'ai lu, 2012.
113 ÉTUDES DE LITTÉRATURE ROMANTIQUE, Flammarion,
   2013.

Le Livre de Poche s'engage pour
l'environnement en réduisant
l'empreinte carbone de ses livres.
Celle de cet exemplaire est de :
850 g éq. CO$_2$
Rendez-vous sur
www.livredepoche-durable.fr

**PAPIER À BASE DE
FIBRES CERTIFIÉES**

Composition réalisée par MAURY-IMPRIMEUR

Achevé d'imprimer en juillet 2016, en France sur Presse Offset par
Maury Imprimeur – 45330 Malesherbes
N° d'imprimeur : 210702
Dépôt légal 1re publication : août 2016
LIBRAIRIE GÉNÉRALE FRANÇAISE – 21, rue du Montparnasse – 75298 Paris Cedex 06

27/0061/9